七《なな》時《じ》間《かん》目《め》の
占《うらな》い入《にゅう》門《もん》

藤野《ふじの》恵美《めぐみ》／作《さく》　朝日《あさひ》川《かわ》日和《ひより》／絵《え》

講談社 青い鳥文庫

もくじ

おもな登《とう》場《じょう》人《じん》物《ぶつ》

五木萌美《いつきもえみ》

みやびの友《とも》だち。
みやびにさからわず、
行動《こうどう》をともにしている
ことが多《おお》い。

小谷秀治《こたにしゅうじ》

天才少年《てんさいしょうねん》と
言《い》われている。
成績《せいせき》バツグンだけど
ちょっと変《か》わり者《もの》。

林美春《はやしみはる》

みやびの友《とも》だち。
さくらに親切《しんせつ》にしてくれる。
冷静《れいせい》で大人《おとな》っぽい。

安西《あんざい》みやび

さくらが転入《てんにゅう》したクラスの中心人物《ちゅうしんじんぶつ》。
はなやかなふんいきで、
明《あか》るく、にぎやか。

佐々木《ささき》さくら

小学《しょうがく》６年生《ねんせい》。両親《りょうしん》の離婚《りこん》で
転校《てんこう》することに。前《まえ》の学校《がっこう》では、
友《とも》だちづきあいがうまくいかなかった。
今度《こんど》は失敗《しっぱい》したくないと、不安《ふあん》でいっぱい。

1 占《うらな》いの館《やかた》

その日《ひ》、佐々木《ささき》さくらは、ひっこしてきたばかりの神戸《こうべ》の町《まち》をさんぽしていた。

神戸《こうべ》は港町《みなとまち》で、北《きた》には高《たか》い山《やま》がそびえ、南《みなみ》には海《うみ》が広《ひろ》がっている。

(ここが新《あたら》しく住《す》む町《まち》かあ……。)

坂《さか》を登《のぼ》ったところで、さくらは町《まち》なみを見《み》わたした。

ひっこし先《さき》のマンションから駅《えき》までの道《みち》は、お母《かあ》さんといっしょに、何度《なんど》か歩《ある》いたことがあった。だから、今日《きょう》はひとりで、ちょっと遠出《とおで》して、知《し》らない場所《ばしょ》にまで足《あし》をのばしてみた。

しばらく行《い》くと、赤《あか》いレンガ造《づく》りの洋館《ようかん》が建《た》っていた。

古《ふる》びたかべは、ツタにおおわれており、窓《まど》にはステンドグラスがかざられ、門《もん》からげんんかんまでの小道《こみち》は、石畳《いしだたみ》になっている。

（わあ、すてきな建物《たてもの》……。）

近《ちか》づいてみると、しゃれた鉄柱《てっちゅう》の横《よこ》に、かんばんがかけられていた。

『占《うらな》いの館《やかた》へようこそ！　あなたのなやみをズバッと解決《かいけつ》！　プリンセス・ひみこのタロット占《うらな》い！』

そのかんばんを見《み》て、さくらは立《た》ちどまった。

（占《うらな》い、だ……。）

なぜか、その建物《たてもの》が気《き》になって、通《とお》りすぎることができない。

（新《あたら》しい学校《がっこう》で、うまくやれるか、すごく不安《ふあん》……。占《うらな》ってもらったら、なにか、わかるかもしれない。）

料金表《りょうきんひょう》の前《まえ》で、しばらく、まよう。

（でも、三十分《ぷん》で二千円《えん》って、高《たか》いなあ。）

月々《つきづき》のおこづかいが五百円《えん》のさくらにとって、二千円《えん》は大《おお》きなお金《かね》だ。

だが、頭《あたま》でそう思《おも》っても、足《あし》が動《うご》かない。

まるで、金《かな》しばりにでもあったかのように、立《た》ちどまったまま、そこからはなれられないでいた。

(そういえば、お母《かあ》さんが言《い》ってた。お父《とう》さんと離婚《りこん》するのを決《き》めたのも、占《うらな》い師《し》さんにみてもらって、別《わか》れたほうがしあわせになれるって言《い》われたからだ、って……。)

さくらがひっこすことになったのは、両親《りょうしん》が離婚《りこん》したからだった。さくらはお母《かあ》さんとくらすことをえらんで、神戸《こうべ》にやってきた。

両親《りょうしん》が離婚《りこん》したのは、さくらにとって、ショックだった。だが、転校《てんこう》することだけはうれしかった。さくらは前《まえ》の学校《がっこう》が好《す》きではなかったのだ。

(もともと、お父《とう》さんとお母《かあ》さんは、相性悪《あいしょうわる》かったって、言《い》ってたなあ。結婚《けっこん》する前《まえ》にも、占《うらな》いでみてもらったら、うまくいかないだろうって言《い》われたことがあって、そのとおりになっちゃったって、お母《かあ》さん、グチってたもん……。占《うらな》いって、あたるんだよね。)

それを思《おも》い出《だ》して、さくらは決《き》めた。

(今日《きょう》はお金《かね》も、たくさん持《も》ってる。うん、占《うらな》ってもらおう!)

さくらはひきよせられるように、占《うらな》いの館《やかた》へと足《あし》をふみいれた。

館《やかた》の中《なか》には、シャンデリアがつりさげられ、昔風《むかしふう》のドレスを着《き》た女性《じょせい》の肖像画《しょうぞうが》がかざってあり、異国情緒《いこくじょうちょ》あふれるどくとくのふんいきがあった。

案内板《あんないばん》にしたがって、おくの部屋《へや》に進《すす》むと、占《うらな》い師《し》がすわっていた。

黒《くろ》いベルベットの布《ぬの》がしかれた台《だい》の上《うえ》には、水晶玉《すいしょうだま》が置《お》かれ、神秘的《しんぴてき》なかがやきをはなっている。

「ようこそ、私《わたし》がプリンセス・ひみこよ。どうぞ、こちらへ。心《こころ》を楽《らく》にして……。」

落《お》ちついた大人《おとな》っぽい声《こえ》の女《おんな》の人《ひと》だった。

スパンコールでかざられた紫色《むらさきいろ》のフードをすっぽりと頭《あたま》にかぶっていて、口元《くちもと》も同《おな》じ紫色《むらさきいろ》のベールでかくして、あやしげなふんいきだ。

「今《いま》、あなたは、心《こころ》に不安《ふあん》をかかえている……。なやみごとは、学校《がっこう》にかんすることでしょう？」

透明《とうめい》の水晶玉《すいしょうだま》の上《うえ》に手《て》をかざしながら、プリンセス・ひみこは言《い》う。

細《ほそ》く節《ふし》ばった手《て》と、血《ち》のように真《ま》っ赤《か》なマニキュアをぬった長《なが》いつめは、どこか魔女《まじょ》を思《おも》わせた。

さくらは自然《しぜん》と、うんうん、と頭《あたま》を上下《じょうげ》に動《うご》かしていた。

「私《わたし》……、ひっこしてきたばかりなんですけど、新《あたら》しい学校《がっこう》で、友《とも》だちができるか、心配《しんぱい》なんです。」

「わかりました。では、カードでみてみましょう。」

プリンセス・ひみこはそう言《い》って、タロットカードを取《と》り出《だ》した。

おごそかな動《うご》きで、カードをまぜると、一枚《まい》ずつ、ゆっくりとならべていく。

十字《じゅうじ》の形《かたち》に、五枚《まい》のカードをならべて、プリンセス・ひみこはじっと、さくらの目《め》を見《み》た。

それから、一枚《まい》のカードをめくる。

「過去《かこ》は……『節制《せっせい》』の逆位置《ぎゃくいち》……。」

そのカードには、片手《かたて》で水差《みずさ》しを持《も》った女《おんな》の人《ひと》が、もう一方《いっぽう》の手《て》の水差《みずさ》しに中身《なかみ》をそそいでいる絵《え》が描《えが》かれていた。

「前《まえ》の学校《がっこう》では、友《とも》だちとの関係《かんけい》に、問題《もんだい》があったようね。クラスで、孤立《こりつ》していたんじゃないかしら？」

「そうなんです！　すごい！」

プリンセス・ひみこの声《こえ》に、さくらは思《おも》わず、目《め》をまるくした。

「いじめられてた、わけじゃないけど……、五年生《ねんせい》のときから、クラスの子《こ》たちに無視《むし》されるようになったんです。それは、六年生《ねんせい》になっても変《か》わらなくて、学校行《がっこうい》くのいやだなあって思《おも》ってたら、転校《てんこう》することになったんです。だから、今度《こんど》こそ、友《とも》だちをたくさん作《つく》りたいんです！」

目元《めもと》にやさしげな笑《え》みをうかべて、プリンセス・ひみこはさくらの言葉《ことば》を聞《き》いていた。

次《つぎ》に、プリンセス・ひみこがめくったカードには、黒《くろ》いフードで身《み》をつつみ、かまを持《も》った人物《じんぶつ》の絵《え》が描《えが》かれていた。

そのおそろしげな絵《え》を見《み》て、さくらは表情《ひょうじょう》をくもらせる。

「うわ……、死神《しにがみ》だ……。」

そんなさくらに、プリンセス・ひみこは「ふふっ。」と笑《え》みをもらした。

「心配《しんぱい》することはないわ。『死神《しにがみ》』はたしかに終末《しゅうまつ》も意味《いみ》するけれど、その逆位置《ぎゃくいち》は、再《さい》

XIII

出発を強くしめすから、悪いカードじゃないのよ。」

プリンセス・ひみこはカードを見つめ、それから一度、目をとじて、さくらのほうにむいた。

「転校《てんこう》は、今《いま》までの自分《じぶん》を変《か》えて、新《あたら》しい自分《じぶん》になれるチャンスね。過去《かこ》のことはわすれて、クラスの子《こ》に、積極的《せっきょくてき》に話《はな》しかけてみるといいわ。前《まえ》の学校《がっこう》でのことをいつまでも、ひきずらないことね。きらわれたらどうしようなんて、考《かんが》えてはダメ。笑顔《えがお》で、元気《げんき》に、話《はな》しかけて。」

さくらはしんけんな顔《かお》つきで、プリンセス・ひみこの言葉《ことば》を胸《むね》にきざみつけた。

（せっかくのアドバイスだもん。しっかり、おぼえておかなきゃ！）

つづいて、もう一枚《まい》のカードをめくり、プリンセス・ひみこは言《い》う。

「これはいいわね。新《あたら》しい環境《かんきょう》では、人気者《にんきもの》になれるって、出《で》てるわよ。」

そのカードには、顔《かお》のある太陽《たいよう》が描《えが》かれていた。

「ほんとうですか!?」

さくらはうれしそうに言《い》って、目《め》をかがやかせた。

「ええ、幸運《こううん》をまねくポイントは、自分《じぶん》の意見《いけん》をきっぱりと言《い》うこと。ほかの人《ひと》に、エネルギーやパワーをあたえる存在《そんざい》になれそうね。たくさんの人《ひと》があなたのまわりに、集《あつ》まってくるわ。」

「わあ、すごい。でも……、私《わたし》、そんなふうになれる自信《じしん》なんて、ないです……。」

言《い》いたいことを相手《あいて》にきっぱりと伝《つた》えるのは、内気《うちき》なさくらにとって、もっとも苦手《にがて》なことだった。

(前《まえ》の学校《がっこう》じゃ、暗《くら》いとか、うっとうしいとか、言《い》われてた。けれど、自分《じぶん》でも、こんな性格《せいかく》、いやだって思《おも》ってる……。)

うつむいてしまったさくらに、プリンセス・ひみこは力強《ちからづよ》く言《い》う。

「このカードは、なやみをすてさり、前《まえ》むきに、希望《きぼう》をもって進《すす》む人《ひと》を祝福《しゅくふく》するカードよ。自信《じしん》をもって!」

その言葉《ことば》を聞《き》くと、さくらは気持《きも》ちが明《あか》るくなるような気《き》がした。

次《つぎ》にめくったカードには、女《おんな》の人《ひと》の横顔《よこがお》のような月《つき》が描《えが》かれていた。

「あら……、『月《つき》』とは……。敵《てき》があらわれるわね。かくれた敵《てき》の存在《そんざい》。幻滅《げんめつ》や裏切《うらぎ》り、はなれていく心《こころ》……。」

少し《すこ》声《こえ》をおとして、つぶやいたプリンセス・ひみこは、最後《さいご》のカードもめくる。

それは、天使《てんし》がラッパをふきながら、まいおりているカードだった。

「でも、だいじょうぶよ。最終的《さいしゅうてき》には、良《よ》い結果《けっか》が得《え》られる。『審判《しんぱん》』の正位置《せいいち》だなんて、かんぺきじゃない！　うん、なにも心配《しんぱい》はいらないわ。新《あたら》しい学校《がっこう》には、すてきな出《で》会《あ》いのチャンスが待《ま》っているから、どんどん自分《じぶん》をアピールして。」

占《うらな》いが終《お》わると、さくらは心《こころ》がふわっと軽《かる》くなったような気《き》がした。

「あの……、ありがとうございました。私《わたし》、がんばってみます！」

お礼《れい》を言《い》って、代金《だいきん》をはらうと、占《うらな》いの館《やかた》をあとにする。

ふしぎと不安《ふあん》が消《き》えて、気持《きも》ちがすっきりしていた。

(あたるかどうかは、わかんないけど、人気者《にんきもの》になれるなんて、うれしいな。)

プリンセス・ひみこの言葉《ことば》を思《おも》い出《だ》して、さくらの足取《あしど》りは軽《かる》くなる。

(ほかの人《ひと》に、エネルギーやパワーをあたえる存在《そんざい》、だって……。私《わたし》に、そんなすごいこと、できるのかなあ。でも、占《うらな》い師《し》さんに、できるって言《い》ってもらうと、なんだか、新《あたら》しい自分《じぶん》になれそうな気《き》がする。占《うらな》いって、おもしろいな。)

今《いま》までは、あまり気《き》にしていなかった占《うらな》いというものに、きょうみがわいてきた。

(占《うらな》いの本《ほん》でも、読《よ》んでみようかな……。)

前《まえ》の学校《がっこう》で、女子《じょし》たちのあいだに、占《うらな》いがはやったことがあった。本《ほん》や雑誌《ざっし》を持《も》ってきては、相性《あいしょう》をみたりしていたのだ。

さくらは仲間《なかま》はずれだったから、話《はなし》の輪《わ》には入《い》れてもらえなかったけれど……。

そのとき、ハッとして、さくらは足《あし》をとめた。

(そうだ!)

頭《あたま》の中《なか》に、アイディアがひらめく。

(占《うらな》いができたら、ほかの人《ひと》に、意見《いけん》をきっぱり伝《つた》えて、パワーをあたえることができる。みんなの人気者《にんきもの》になれる! そうか、さっきの占《うらな》い師《し》さんが言《い》ってたことは、きっと、そういうことだったんだ!)

その思《おも》いつきに、さくらは胸《むね》がわくわくした。

(決《き》めた! 私《わたし》、占《うらな》い師《し》になる!)

さくらはさっそく書店《しょてん》に行《い》って、占《うらな》いにかんする本《ほん》をさがすことにした。

占《うらな》いといっても、種類《しゅるい》はさまざまだ。

書店《しょてん》の占《うらな》いのコーナーには、ずらりと本《ほん》がならんでおり、それだけで、たなひとつ分《ぶん》もあった。

(占《うらな》いって、いろんなのがあって、勉強《べんきょう》が大変《たいへん》そうだな……。)

その中《なか》から、さくらはイラストが多《おお》くて、読《よ》みやすそうな本《ほん》を数冊《すうさつ》、手《て》にとった。

(とりあえずは、特別《とくべつ》な才能《さいのう》がなくてもできそうな星座占《せいざうらな》いとか、血液型占《けつえきがたうらな》いの本《ほん》を読《よ》んでみよう。)

専用《せんよう》のタロットカード付《つ》きの本《ほん》も売《う》られていたが、使《つか》い方《かた》をおぼえるのは大変《たいへん》そうだったので、さくらは読《よ》むだけでいいものを買《か》った。

家《いえ》に帰《かえ》って、さっそく『あの子《こ》の本性《ほんしょう》まるわかり！　わくわく血液型占《けつえきがたうらな》い！』という本《ほん》を開《ひら》いてみる。本《ほん》の帯《おび》に書《か》かれていた「これさえあれば、もう人間関係《にんげんかんけい》でなやむ必要《ひつよう》なし！」という文字《もじ》に心《こころ》をひかれたのだ。

（えっと、私《わたし》はA型《エーがた》だから、たしか、まじめで常識的《じょうしきてき》なんだよね。前《まえ》にテレビでやってたのをちょっとだけ見《み》たことある。）

ぱらぱらとページをめくって、A型《エーがた》について書《か》かれた文章《ぶんしょう》を読《よ》む。

そこには「A型《エーがた》の子《こ》は、こんな性格《せいかく》！」とタイトルがついていて、さまざまな特徴《とくちょう》が書《か》かれていた。

そのいくつかに、さくらはハッとした。

（あたってるかも……。うん、私《わたし》、自分《じぶん》に自信《じしん》がもてない。積極的《せっきょくてき》になれないし、プレッシャーに弱《よわ》くて、ほかの人《ひと》の意見《いけん》に流《なが》されやすいもん。それって、私《わたし》がA型《エーがた》だからだったんだ。）

両手《りょうて》でしっかり本《ほん》を持《も》って、さくらは食《く》い入《い》るようにページを見《み》つめた。

（えっと、友《とも》だちとの関係《かんけい》では、A型《エーがた》どうしだと安心感《あんしんかん》があります、か……。ふむふむ、なるほど。）

読《よ》みながら、思《おも》わず大《おお》きくうなずく。

（たしか、はるかちゃんもA型《エーがた》だ、って言《い》ってたよね。）

さくらはふと、塾《じゅく》でいっしょだった羽田野《はたの》はるかのことを思《おも》い出《だ》した。

学校《がっこう》では親《した》しい友《とも》だちを作《つく》ることができなかったが、塾《じゅく》では何人《なんにん》かの子《こ》と仲良《なかよ》くなることができた。中《なか》でも、はるかとは特《とく》に気《き》が合《あ》った。

はるかも、どちらかというと、まじめでおとなしめの性格《せいかく》だった。

(うんうん、はるかちゃんといると安心感《あんしんかん》があった。)

つづいて、ほかのページも読《よ》んでいく。

(それから、真紀《まき》ちゃんはB型《ビーがた》だったはず……。B型《ビーがた》は自分《じぶん》のやりたいことがはっきりしていて、A型《エーがた》をぐいぐい引《ひ》っぱってくれます、だって……。言《い》われてみれば、そういう感《かん》じだ。)

何度《なんど》もうなずきながら、さくらはページをめくった。

(AB型《エービーがた》といえば、いとこのあきらくんがAB型《エービーがた》なんだよね。うんうん、ここに書《か》いてあるとおり、ちょっと変《か》わり者《もの》で、研究者《けんきゅうしゃ》タイプだ。)

さくらは、いとこの朝比奈《あさひな》あきらのことを思《おも》いうかべて、くすりと笑《わら》う。

(すごくあたってる。みんなの性格《せいかく》がわかって、おもしろい!)

本《ほん》にはそれぞれの血液型《けつえきがた》の相性《あいしょう》や、つきあい方《かた》のポイントなども書《か》いてあった。

（もっと早《はや》くに、この本《ほん》を読《よ》んでおけばよかったな。そしたら、前《まえ》の学校《がっこう》でも、きらわれないですんだかもしれない。）

さくらは、血液型占《けつえきがたうらな》いの本《ほん》を手《て》に入《い》れたことで、今《いま》まで見《み》えなかったものが、見《み》えたような気分《きぶん》になった。

相手《あいて》の血液型《けつえきがた》で、性格《せいかく》がわかれば、安心《あんしん》できる。

どうやってつきあえばいいのか、わかるのだ。

（暗《くら》い自分《じぶん》は、前《まえ》の学校《がっこう》においてきて、新《あたら》しい学校《がっこう》では、一《いち》からやりなおすんだ。今度《こんど》こそ、うまくやる！）

さくらは血液型占《けつえきがたうらな》いの本《ほん》を胸《むね》にだきしめて、気合《きあい》を入《い》れた。

2 新《あたら》しい自《じ》分《ぶん》になる！

転校初日《てんこうしょにち》、さくらはお母《かあ》さんといっしょに、新《あたら》しい小学校《しょうがっこう》に行《い》った。

まずは、教室《きょうしつ》ではなく、職員室《しょくいんしつ》に行《い》く。

お母《かあ》さんは何度《なんど》も頭《あたま》をさげて、担任《たんにん》の先生《せんせい》に「くれぐれもよろしくお願《ねが》いします。」とあいさつして、帰《かえ》っていった。

担任《たんにん》は、新庄勝《しんじょうまさる》という名前《なまえ》で、よれよれの服《ふく》を着《き》て、若《わか》いのか、おじさんなのか、よくわからない男《おとこ》の先生《せんせい》だった。

目《め》つきが悪《わる》く、こわそうだというのが、さくらの第一印象《だいいちいんしょう》だった。だが、話《はな》すと、関西《かんさい》特有《とくゆう》のイントネーションで、やわらかな感《かん》じがした。

「そんなにガチガチにならんでも、だいじょうぶやって。」

新庄先生《しんじょうせんせい》は笑《わら》って、さくらのかたをぽんぽんとたたいた。

「うちのクラスの子《こ》らは、みんな、ええ子《こ》やから、心配《しんぱい》することないで。転校生《てんこうせい》かって、すぐに仲良《なかよ》うなれるやろ。」

それから、新庄先生《しんじょうせんせい》とろうかを歩《ある》いて、教室《きょうしつ》にむかう。

(やっぱり、こっちの人《ひと》って、漫才師《まんざいし》さんみたいなしゃべり方《かた》するんだな。)

新庄先生《しんじょうせんせい》の話《はな》し方《かた》を聞《き》いて、さくらは今《いま》さらながら、遠《とお》くにひっこしてきたという実感《じっかん》をもった。

(やろ、とか最後《さいご》に言《い》うのって、大阪弁《おおさかべん》ってやつだよね。でも、ここは神戸《こうべ》だから、神戸《こうべ》弁《べん》で、大阪弁《おおさかべん》とはちがうのかな?)

いろいろな不安《ふあん》が、さくらの頭《あたま》にうかんでくる。

(言葉《ことば》のせいで、いじめられたら、どうしよう……。私《わたし》も、早《はや》く、こっちの言葉《ことば》に、なれなきゃ。)

新庄先生《しんじょうせんせい》がとびらを開《ひら》いて、六年《ねん》一組《くみ》の教室《きょうしつ》に入《はい》っていく。

さくらもつづいて、教室《きょうしつ》に足《あし》をふみいれた。

ざわざわとしていた話《はな》し声《ごえ》が消《き》えて、みんないっせいに、さくらのほうを見《み》た。

「今日《きょう》から、このクラスに、新《あたら》しい仲間《なかま》がふえることになった。ほな、佐々木《ささき》さん、自己《じこ》紹介《しょうかい》してくれるか。」

クラスの子《こ》たちは、興味津々《きょうみしんしん》の顔《かお》で、さくらに注目《ちゅうもく》している。

(うー、きんちょうして、胸《むね》がドキドキするよー。でも、ラッキー・アイテムの赤《あか》い色《いろ》のくつ下《した》をはいてきたから、だいじょうぶだよね。)

黒板《こくばん》の前《まえ》に立《た》ったさくらは、深呼吸《しんこきゅう》した。

「えっと、はじめまして。佐々木《ささき》さくらといいます。東京《とうきょう》から、ひっこしてきました。星《せい》座《ざ》はうお座《ざ》、血液型《けつえきがた》はA型《エーがた》、趣味《しゅみ》は占《うらな》いです。」

頭《あたま》が真《ま》っ白《しろ》になりそうで、足《あし》がふるえたが、できるだけ、大《おお》きな声《こえ》を出《だ》した。

窓側《まどがわ》の席《せき》にすわっていた女《おんな》の子《こ》が、となりの子《こ》と「へー、趣味《しゅみ》、占《うらな》いやってー。」「おもろいなあ。」なんて、話《はな》しているのが耳《みみ》に入《はい》る。

「どうぞ、よろしくお願《ねが》いします！」

ぺこり、と頭《あたま》をさげたとき、さくらの顔《かお》は真《ま》っ赤《か》になっていた。

「佐々木《ささき》さんの席《せき》は、その窓側《まどがわ》のいちばん後《うし》ろのあいてるところでええな。」

新庄先生《しんじょうせんせい》の指《ゆび》さした先《さき》のつくえに、さくらは歩《ある》いて近《ちか》づく。

まだ、頭《あたま》に血《ち》がのぼったようになったまま、その席《せき》にすわった。

後《うし》ろの席《せき》にすわると、黒板《こくばん》の前《まえ》にいるときよりは、少《すこ》しは落《お》ちつくことができた。

(今度《こんど》こそ、友《とも》だち、たくさん作《つく》りたい……。)

後《うし》ろの席《せき》から、ぐるりと教室内《きょうしつない》を見《み》まわす。

何人《なんにん》かの子《こ》が、ちらちらとさくらのほうを見《み》ていた。

新《あたら》しいクラスの人数《にんずう》は、二十五人《にん》しかいないので、教室《きょうしつ》の中《なか》が広々《ひろびろ》しているように思《おも》えた。前《まえ》の学校《がっこう》は、一《ひと》クラスに四十人《にん》ちかい生徒《せいと》がいたから、ずいぶんと教室《きょうしつ》の印象《いんしょう》がちがった。

「佐々木《ささき》さんは転校《てんこう》してきたばかりで、わからへんことも多《おお》いやろうから、親切《しんせつ》にしてあげるように。みんな、わかったな?」

新庄先生《しんじょうせんせい》が言《い》うと、教室《きょうしつ》に「はーい。」という声《こえ》がひびいた。

休《やす》み時間《じかん》になると、となりの席《せき》の女《おんな》の子《こ》が話《はな》しかけてきた。

はでめの服《ふく》を着《き》て、髪《かみ》の毛《け》は茶色《ちゃいろ》っぽく、うねうねと波《なみ》うっている。

「あたしは、安西《あんざい》みやび。」

女《おんな》の子《こ》は、ピースサインを作《つく》り、それを顔《かお》の近《ちか》くで横《よこ》にむけて、のぞきこむように、ウインクをした。

「みんなからは、みーやんってよばれてる。よろしく☆」

すると、ほかの女《おんな》の子《こ》たちも集《あつ》まってくる。

「みーやん、いきなり、転校生《てんこうせい》、いじめたらあかんで！」

「いじめてへんって、仲良《なかよ》くしようと思《おも》って、声《こえ》かけてるんやん。さくらちゃん、家《いえ》、どこなん？」

「え、えっと、沢東《さわひがし》二丁目《ちょうめ》の公園《こうえん》の近《ちか》くで……。」

すると、すらりと背《せ》の高《たか》い女《おんな》の子《こ》が、声《こえ》をはずませた。

「マジで！　うちの近《ちか》くやん。あ、うちは林美春《はやしみはる》っていうねん。うちの家《いえ》、中華料理屋《ちゅうかりょうりや》やってるから。福来軒《ふくらいけん》っていう名前《なまえ》。よかったら、食《た》べにきて。」

にっこりと笑顔《えがお》をむけて、美春《みはる》は言《い》う。

「そうや！　学校《がっこう》までの道《みち》って、もうおぼえた？　近《ちか》くやし、いっしょに帰《かえ》ろうか？」

美春《みはる》の言葉《ことば》に、さくらはうれしさのあまり、とっさに返事《へんじ》につまる。

「え？　あ、う……。」

言《い》いおわらないうちに、まわりの子《こ》たちが話《はな》しかけてきた。

「前《まえ》の学校《がっこう》と、こっちの学校《がっこう》って、やっぱ、ちゃうの？」

「東京《とうきょう》ってやっぱ、芸能人《げいのうじん》とか多《おお》いん？」

「前《まえ》の学校《がっこう》の先生《せんせい》は、どんな人《ひと》やった？」

「佐々木《ささき》さんのお父《とう》さんて、仕事《しごと》、なにしとうの？」

まだ聞《き》きなれていない関西《かんさい》の話《はな》し方《かた》で、次々《つぎつぎ》に質問《しつもん》され、さくらはとまどう。

そうこうしているうちに、チャイムが鳴《な》って、休《やす》み時間《じかん》は終《お》わった。

（せっかく、話《はな》しかけてくれたのに、うまく答《こた》えられなかった。ううっ、暗《くら》い子《こ》だって思《おも》われたかも……。次《つぎ》の休《やす》み時間《じかん》は、もっと、がんばって話《はな》さなきゃ！）

算数《さんすう》の教科書《きょうかしょ》をながめながら、さくらは心《こころ》の中《なか》で反省《はんせい》した。

それから、ちらりと横目《よこめ》で、みやびのほうをうかがう。

みやびはつまらなそうに、あくびをしていた。

(安西《あんざい》みやびさん……、みーやんは、きっとB型《ビーがた》だろうな。だって、いかにもマイペースで、明《あか》るくて、社交的《しゃこうてき》ってタイプだもん。)

みやびの横《よこ》の席《せき》では、美春《みはる》がまじめな顔《かお》で、黒板《こくばん》の文字《もじ》をノートにうつしている。

(林美春《はやしみはる》さんは、クールで大人《おとな》っぽい感《かん》じで、頭《あたま》もよさそうだし、AB型《エービーがた》かな?)

さくらは、みやびに話《はな》しかけてもらえて、うれしかった。

(みーやんを見《み》てると、塾《じゅく》でいっしょだった真紀《まき》ちゃんを思《おも》い出《だ》す。真紀《まき》ちゃんも活発《かっぱつ》で積極的《せっきょくてき》なB型《ビーがた》だった。真紀《まき》ちゃんとも仲良《なかよ》くなりたかったけど、あまり話《はな》しかけられなかったんだよね……。はるかちゃんと真紀《まき》ちゃん、仲《なか》が良《よ》くて、うらやましかった……。

私《わたし》にもあんなふうに親友《しんゆう》がいたらいいのに、って思《おも》ってた……。)

ひっこしてくる前《まえ》のことを考《かんが》えて、少《すこ》し暗《くら》い気持《きも》ちになる。

だが、今度《こんど》こそ、友《とも》だち作《づく》りをがんばるのだ。

(みーやんみたいな子《こ》と、友《とも》だちになれたらいいな。)

さくらはまばたきを三回《かい》くりかえすと、心《こころ》の中《なか》で「仲良《なかよ》しになれますように。」と強《つよ》く念《ねん》じた。

占《うらな》いの本《ほん》に書《か》いてあった「B型《ビーがた》の子《こ》と友《とも》だちになるためのおまじない」だった。

放課後《ほうかご》、美春《みはる》が声《こえ》をかけてきた。

「転校《てんこう》一日目《にちめ》はどう？　なれないから、つかれたでしょ？」

「う……、うん。でも、美春《みはる》ちゃんたちのおかげで、助《たす》かったよ。」

音楽室《おんがくしつ》へ移動《いどう》するときや、給食《きゅうしょく》を運《はこ》ぶ当番《とうばん》についてなど、前《まえ》の学校《がっこう》とはやり方《かた》がちがっていたので、とまどうことも多《おお》かった。

だが、美春《みはる》やみやびが親切《しんせつ》に教《おし》えてくれたおかげで、こまらずにすんだのだ。

そこに、みやびもやってきた。

「待《ま》ってや～、あたしも、美春《みはる》のとこ、行《い》く。そんで、おっちゃんに、またラーメン食《た》べさせてもらおうっと。」

「あのなあ、みーやん。うちかって、商売《しょうばい》やねんで。お父《とう》さんはええよっていうけど、ほんまは、ちゃんとお金《かね》もらわな、こまるねんから。」

美春《みはる》は顔《かお》をしかめたが、みやびは聞《き》いていない。

「なああ、さくらちゃん、趣味《しゅみ》、占《うらな》いなんやろ？　占《うらな》いって、手相《てそう》とかみれたり、タロットとかできんの？　あたし、占《うらな》いとか、めっちゃきょうみあるねん！」

みやびはキラキラした目《め》で、さくらを見《み》つめた。

「手相《てそう》はできないけど、星座《せいざ》と血液型《けつえきがた》の占《うらな》いの本《ほん》は、持《も》ってるよ。」

そう答《こた》えたさくらは、つけくわえる。

「あと、タロットも、ちょっとだけ……。」

ほんとうは、まだタロット占《うらな》いの勉強《べんきょう》なんてやっていないのに、みやびに期待《きたい》に満《み》ちたまなざしで見《み》られ、つい、見栄《みえ》をはってしまった。

「ほんま？　ほんま？　そんなら、今度《こんど》、あたしのこと、占《うらな》ってや！」

「う、うん、わかった。じゃあ、明日《あした》、占《うらな》いの本《ほん》を持《も》ってくるね。」

みやびの迫力《はくりょく》におされるように、さくらはうなずいた。

「あんま、転校生《てんこうせい》、こまらせたらあかんで。」

美春《みはる》は顔《かお》をしかめて、みやびに言《い》ったあと、さくらのほうを見《み》た。

「みーやんは強引《ごういん》やから、いやなときは、はっきり言《い》いや？」

「え……、でも、私《わたし》、うれしいから。」

小《ちい》さな声《こえ》で、つぶやくように、さくらは言《い》った。

（前《まえ》の学校《がっこう》じゃ、だれも私《わたし》に話《はな》しかけたり、きょうみをもってくれなかった……。だから、こうやって、なにかをして、ってたのまれたりするのって、うれしい。だれかの役《やく》に立《た》ったり、よろこんでもらえることが、したいから……。）

しばらく行《い》くと、美春《みはる》が立《た》ちどまった。

「うちの家《いえ》、この先《さき》やから。」

「今日《きょう》は、いろいろと、ありがとう。」

さくらが言《い》うと、美春《みはる》はにっこりと笑《わら》う。

「いいって、いいって。わからへんことあったら、なんでも聞《き》いて。」

「ほんじゃ、さくらちゃん、また明日《あした》、学校《がっこう》でな！」

美春《みはる》とみやびは、手《て》をふりながら、さっていった。

まだなれていないマンションのドアのかぎをあけて、さくらはだれもいない部屋《へや》に入《はい》った。

（そっか、お母《かあ》さん、仕事《しごと》に行《い》ってるから、いないんだ。帰《かえ》ったときに、家《いえ》の中《なか》が暗《くら》いのにも、なれなきゃ……。）

電気《でんき》をつけて、そんなことを考《かんが》えながら、ランドセルを置《お》く。

（よかった……。こっちの学校《がっこう》の子《こ》たち、みんな、やさしい。）

自分《じぶん》の部屋《へや》で、ベッドにねころんで、ふうーっと息《いき》をはいた。

（そうだ！　占《うらな》いの本《ほん》、わすれないようにしなきゃ！）

あわてて起《お》きあがって、血液型占《けつえきがたうらな》いの本《ほん》を手《て》にとると、新《あたら》しくもらった時間《じかん》わりを見《み》ながら、明日《あした》の用意《ようい》をした。

（タロットカードも買《か》いに行《い》かないと……。できるって、言《い》っちゃったもんな……。）

このあいだ、占《うらな》いの代金《だいきん》をしはらって、本《ほん》もいろいろ買《か》ったので、さいふにはお金《かね》があまり残《のこ》っていなかった。

さくらは貯金箱《ちょきんばこ》をあけて、お年玉《としだま》でもらった五千円札《えんさつ》を取《と》り出《だ》す。

(本屋《ほんや》さんにも、タロットカード付《つ》きの占《うらな》い入門《にゅうもん》の本《ほん》が売《う》ってた。でも、そういうのじゃ、効果《こうか》がいまいちかな？　専門的《せんもんてき》なところで買《か》ったカードのほうが、神秘的《しんぴてき》な力《ちから》がある気《き》がする。)

そう考《かんが》えて、さくらはさいふを持《も》って、占《うらな》いの館《やかた》へむかった。


占《うらな》いの館《やかた》に入《はい》ってすぐのところは、待合室《まちあいしつ》のようなスペースになっており、そこに売店《ばいてん》のコーナーがあった。

水晶《すいしょう》のアクセサリーやお香《こう》などがならんだたなに、タロットカードも展示《てんじ》されている。

(こっちのは三千円《えん》で、こっちのは五千五百円《えん》か。どう、ちがうんだろう？)

値札《ねふだ》を見《み》くらべていると、後《うし》ろから声《こえ》をかけられた。

「タロットをさがしているの？」

ふりむくと、このあいだの占《うらな》い師《し》、プリンセス・ひみこが立《た》っていた。

「はい、自分《じぶん》でも、タロット占《うらな》いができるようになりたいんです。でも、そういうのって、生《う》まれついての才能《さいのう》がないと無理《むり》ですか？」

するど、プリンセス・ひみこは首《くび》を横《よこ》にふった。口元《くちもと》をかくしているベールのようなものが、はらりとゆれる。

「そんなことはないわよ。たしかにタロットは、四柱推命《しちゅうすいめい》や西洋占星術《せいようせんせいじゅつ》なんかにくらべたら、占《うらな》い師《し》の直感《ちょっかん》に左右《さゆう》される部分《ぶぶん》が多《おお》いかもしれないけれど。」

「しちゅう……？」

首《くび》をかしげたさくらに、プリンセス・ひみこは説明《せつめい》する。

「四柱推命《しちゅうすいめい》って、聞《き》いたことない？　性別《せいべつ》や生年月日《せいねんがっぴ》、生《う》まれた時間《じかん》から、その人《ひと》のもつ資質《ししつ》や性格《せいかく》、運命《うんめい》なんかを鑑定《かんてい》するのよ。」

そう言《い》うと、プリンセス・ひみこは指《ゆび》を三本《ぼん》、立《た》ててみせた。

「占《うらな》いは、大《おお》きく三つに分《わ》けられるの。四柱推命《しちゅうすいめい》や西洋占星術《せいようせんせいじゅつ》は『命《めい》』といって、生《う》まれもった性質《せいしつ》や宿命的《しゅくめいてき》なものをみる占《うらな》いね。人《ひと》は生《う》まれたときに、宿命《しゅくめい》が決《き》まる、天命《てんめい》というものがあるって考《かんが》え方《かた》が、前提《ぜんてい》になっているわ。たとえば、自分《じぶん》にむいた仕事《しごと》はなにかとか、いつ結婚《けっこん》できるのかなんてことを、その人《ひと》の運気《うんき》を支配《しはい》する星《ほし》で、占《うらな》うのよ。」

立《た》てた人差《ひとさ》し指《ゆび》をさわりながら、プリンセス・ひみこは解説《かいせつ》した。

「そして、次《つぎ》に『相《そう》』だけど、これは目《め》に見《み》えるものを対象《たいしょう》として、そのすがたや形《かたち》をみて占《うらな》うもの。手《て》のひらのしわの形《かたち》で運勢《うんせい》を占《うらな》う手相《てそう》や、土地《とち》や建物《たてもの》のむきから運気《うんき》の流《なが》れをみる風水《ふうすい》、名前《なまえ》の画数《かくすう》をみる姓名判断《せいめいはんだん》などね。福耳《ふくみみ》の人《ひと》は、お金持《かねも》ちになれるなんてのも、相《そう》の占《うらな》いになるわ。」

中指《なかゆび》をさわって説明《せつめい》すると、薬指《くすりゆび》に移動《いどう》する。

「最後《さいご》に、その時々《ときどき》の問題《もんだい》についてや、ものごとの吉凶《きっきょう》を占《うらな》うものが『卜《ぼく》』ね。」

プリンセス・ひみこは、さくらの手《て》に『卜《ぼく》』と書《か》いてみせた。

「これはその昔《むかし》、亀《かめ》の甲羅《こうら》を焼《や》いて、そこにできたひびわれの形《かたち》で、未来《みらい》を占《うらな》ったことに由来《ゆらい》しているのよ。占《うらな》うっていう文字《もじ》にも、卜《ぼく》がついているでしょう？　タロットカードも、ここに入《はい》るの。かんたんなものでいえば、あーした天気《てんき》にしておくれって、ゲタを投《な》げて、晴《は》れか雨《あめ》かを占《うらな》うのも、卜《ぼく》になるわね。」

一度《ど》に言《い》われても、さくらには、完全《かんぜん》には理解《りかい》できなかった。

「なんとなく、わかりました。たくさんあって、むずかしいですね。私《わたし》、あんまり、頭《あたま》はいいほうじゃないんですけど、占《うらな》い、できるようになるかなあ……。」

するとプリンセス・ひみこは安心《あんしん》させるように、やさしく言《い》った。

「命《めい》や相《そう》をみる占《うらな》いは、長《なが》く研究《けんきゅう》された学問《がくもん》のようなもので、多《おお》くの知識《ちしき》を必要《ひつよう》とするから、ものになるまで時間《じかん》がかかるわね。でも、タロットでおぼえるのはカードの意味《いみ》くらいだから、暗記《あんき》が苦手《にがて》でも、だいじょうぶよ。それに、学校《がっこう》の勉強《べんきょう》ができるかどうかは、占《うらな》いには関係《かんけい》ないわよ。私《わたし》がみたところ、あなたにはなかなかセンスもありそうだわ。」

そう言《い》って、プリンセス・ひみこはタロットカードの箱《はこ》を持《も》ちあげた。紙《かみ》の箱《はこ》は、黒《くろ》を基調《きちょう》として、金色《きんいろ》にかがやく星《ほし》と月《つき》が少《すこ》しもりあがってデザインされていて、天使《てんし》の絵《え》が描《えが》かれていた。

「このカードに、あなたと運命的《うんめいてき》なものを感《かん》じるわ。これは大《だい》アルカナという二十二枚《まい》のカードだけで占《うらな》うから、初心者《しょしんしゃ》にもおすすめよ。」

さくらはひと目《め》で、そのタロットが気《き》に入《い》った。ほかのタロットのデザインは、満月《まんげつ》に不気味《ぶきみ》な顔《かお》が描《えが》かれていたり、地味《じみ》すぎたりしたけれど、そのタロットの天使《てんし》は美形《びけい》で、絵《え》がきれいだったのだ。

「日本語《にほんご》の解説書《かいせつしょ》も入《はい》っているから、読《よ》めばわかると思《おも》うわ。もし、心配《しんぱい》なら、私《わたし》が今《いま》から少《すこ》し、教《おし》えてあげましょうか？」

プリンセス・ひみこの親切《しんせつ》な言葉《ことば》に、さくらは思《おも》わず、大《おお》きくうなずいた。

「はい、お願《ねが》いします！」

さくらは、タロットカードの代金《だいきん》、五千五百円《えん》をしはらって、おくの部屋《へや》へと入《はい》った。

てきぱきとした動《うご》きで、プリンセス・ひみこは台《だい》の上《うえ》の水晶玉《すいしょうだま》をかたづけて、白《しろ》い布《ぬの》をしいた。

「これはアルタークロスといって、占《うらな》いのときに使《つか》う布《ぬの》なの。こういう専用《せんよう》の布《ぬの》をしいて占《うらな》ったほうが、効果《こうか》は高《たか》まるし、カードもよごれたり、傷《きず》つきにくいから、おすすめね。」

さっきの売店《ばいてん》でも、黒《くろ》や紫《むらさき》や赤色《あかいろ》のアルタークロスが売《う》られていた。スモールサイズが千五百円《えん》、ラージサイズが二千五百円《えん》だった。

（でも、もう今日《きょう》は、お金《かね》がない……。おさいふに入《はい》ってたのは、さっきのタロットカードを買《か》った分《ぶん》で、なくなったから。）

さいふの入《はい》ったかばんをおさえて、さくらはくちびるを軽《かる》くかんだ。

「まずは、カードを聖別《せいべつ》しましょうか。」

プリンセス・ひみこは、二本《ほん》のろうそくに火《ひ》をともして、銀色《ぎんいろ》の香炉《こうろ》を真《ま》ん中《なか》に置《お》いた。

「セイベツって、なんですか？」

「お清《きよ》めみたいなものね。カードの邪気《じゃき》をはらって、パワーをそそぎこむ儀式《ぎしき》よ。」

香炉《こうろ》からは、白《しろ》いけむりが立《た》ちのぼり、ほのかにあまいかおりがただよった。

「ここに立《た》って、カードをかざして。」

さくらはプリンセス・ひみこの言《い》うとおり、手《て》に持《も》ったタロットをお香《こう》のけむりの上《うえ》に、持《も》ってきた。

「心《こころ》の中《なか》で、このカードに、こんにちはとか、よろしくねって感《かん》じで、あいさつしながら、一枚《まい》ずつながめて、けむりにくぐらせていって。」

プリンセス・ひみこはベルをつまみあげて、リーンと鳴《な》らしながら言《い》った。

「そうすることで、工場《こうじょう》で作《つく》られた大量生産《たいりょうせいさん》のタロットカードから、自分《じぶん》だけのかけがえのない魔法《まほう》のアイテムになるのよ。」

さくらは箱《はこ》からカードの束《たば》を取《と》り出《だ》す。

新品《しんぴん》のカードは、手《て》ざわりがつるつるとなめらかで、ぴんっとはりつめているようなふんいきだった。

傷《きず》ひとつないカードにふしぎな迫力《はくりょく》を感《かん》じて、さくらはおそるおそるあつかった。

一枚《まい》ずつ、念《ねん》じるようにして、お香《こう》の上《うえ》にかざす。

（えっと、私《わたし》、才能《さいのう》とかないかもしれないけど、占《うらな》いができるようになりたいです。せいいっぱい、がんばるから、よろしくお願《ねが》いします。）

さくらは声《こえ》に出《だ》さず、カードに語《かた》りかけた。

すべてのカードをけむりにくぐらせて、ふたたびタロットを重《かさ》ねて、手《て》にのせる。

聖別《せいべつ》を終《お》えたタロットは、さっきまでよりも、あたたかみをおびて、ぎゅっとにぎると、手《て》になじむような気《き》がした。

「次《つぎ》はどうしたらいいんですか？」

自分《じぶん》のカードを手《て》にしたことで、さくらは積極的《せっきょくてき》な気持《きも》ちになった。

「タロットの絵《え》には、さまざまな意味《いみ》がこめられているの。それを読《よ》めるようになるのが、第一歩《だいいっぽ》なのだけど……。」

プリンセス・ひみこは、タロットの箱《はこ》から、折《お》りたたまれた紙《かみ》を出《だ》した。開《ひら》いてみると、カードが一枚《まい》ずつ、イラスト入《い》りで描《えが》かれ、その絵柄《えがら》についての解説《かいせつ》がのっていた。

「ま、意味《いみ》は、やりながらのほうが、おぼえやすいわね。さっそく、占《うらな》ってみましょうか。」

プリンセス・ひみこは台《だい》の上《うえ》をかたづけて、さくらをいすにすわらせた。

「では、精神《せいしん》を集中《しゅうちゅう》して、カードをシャッフル……、つまり、かきまぜます。」

さくらはいすの上《うえ》で、深呼吸《しんこきゅう》すると、台《だい》の上《うえ》にタロットを置《お》いた。

「タロットは、カードの上下《じょうげ》にも意味《いみ》があるから、ちゃんとむきもまざるように、こうやって手《て》のひらで、ぐるぐるとシャッフルしてね。」

自分《じぶん》の手《て》を空中《くうちゅう》でまわしながら、プリンセス・ひみこは説明《せつめい》した。

言《い》われたように、さくらはカードをかきまぜる。

「カードをシャッフルして、ととのえたら、カットをするの。積《つ》んだカードの上半分《うえはんぶん》くらいを持《も》ちあげて、横《よこ》に置《お》く。そして、残《のこ》った下半分《したはんぶん》のカードをその上《うえ》に重《かさ》ねて。うん、それでいいわ。」

さくらのぎこちない手《て》の動《うご》きを見《み》ながら、プリンセス・ひみこは言《い》う。

「それから、カードをならべて、占《うらな》うんだけど、人《ひと》によってやり方《かた》はさまざまね。私《わたし》はギリシャ十字法《じゅうじほう》をもとにして、自分《じぶん》なりのアレンジをくわえた占《うらな》い方《かた》でやっているの。」

プリンセス・ひみこは右手《みぎて》の人《ひと》さし指《ゆび》を立《た》てると、カードに向《む》けた。

「はじめてやるなら、ワンオラクルがかんたんかな。一枚《まい》だけで意味《いみ》を読《よ》みとらなきゃいけないから、答《こた》えやすい質問《しつもん》をするときにてきした方法《ほうほう》よ。占《うらな》いたいことをしぼって、しっかりと心《こころ》に思《おも》いうかべながら、カードをめくってね。」

さくらは胸《むね》をどきどきさせながら、台《だい》の上《うえ》に置《お》かれたタロットの裏面《うらめん》のもようをじっとながめる。

(答《こた》えやすい質問《しつもん》……?)

少《すこ》し考《かんが》えたあと、さくらはタロットにゆっくりと手《て》をのばした。

「え、えっと、私《わたし》、占《うらな》い師《し》になれますか?」

小《ちい》さな声《こえ》でつぶやきながら、いちばん上《うえ》のカードをめくる。

そのカードには、男《おとこ》の人《ひと》の絵《え》が描《えが》かれていた。

「あれ？　このカードのむき、逆位置《ぎゃくいち》ってことですか……？」

カードの絵《え》の男《おとこ》の人《ひと》は、頭《あたま》が下《した》になっていた。

だが、よく見《み》てみると、カードのわくに書《か》かれた文字《もじ》は、逆《ぎゃく》にはなっていない。

「これが正《ただ》しいむきよ。これは男《おとこ》の人《ひと》がさかさづりになっている絵《え》なの。だから、これで正位置《せいいち》で、カードがあらわすのは……。」

言《い》いかけて、プリンセス・ひみこは口《くち》をつぐむ。

「あ、私《わたし》が言《い》っちゃ、いけないわね。自分《じぶん》でカードを読《よ》めるようになる練習《れんしゅう》なんだから。」

にっこり笑《わら》って、プリンセス・ひみこは解説書《かいせつしょ》を手《て》わたした。

「すなおな気持《きも》ちで、自分《じぶん》の心《こころ》とむきあえば、そのカードが伝《つた》えようとしているメッセージがわかるはずよ。」

さくらは解説書《かいせつしょ》の文字《もじ》を読《よ》んだ。

☆　十二　つるされた男《おとこ》　☆

・困難《こんなん》な試練《しれん》が待《ま》ちうける
・努力《どりょく》は良《よ》い結果《けっか》になる
・柔軟《じゅうなん》な精神《せいしん》で適応《てきおう》する
・相手《あいて》につくす気持《きも》ち
・人《ひと》から感謝《かんしゃ》される

このカードの男性《だんせい》は、なにかの刑罰《けいばつ》を受《う》け、つるされています。

しかし、顔《かお》をよく見《み》てください。彼《かれ》は苦《くる》しそうな表情《ひょうじょう》をしているでしょうか?

いいえ、つらいめにあっているはずのこの男性《だんせい》は、おだやかな表情《ひょうじょう》をうかべ、その頭《あたま》には後光《ごこう》がさして、白《しろ》い光《ひかり》につつまれています。

これは、彼《かれ》がつるされている状況《じょうきょう》を受《う》けいれ、試練《しれん》としてのりこえて、自《みずか》らを成長《せいちょう》させたというあかしでしょう。

ふだんとは、ちがう視点《してん》でものごとを見《み》ることによって、これまでわからなかったことに、気《き》づくことができたのです。

また、片足《かたあし》をしばられて、つるされている彼《かれ》は、もう一方《いっぽう》の足《あし》を曲《ま》げて、十字《じゅうじ》の形《かたち》にしています。これは、彼《かれ》がそのあとに、復活《ふっかつ》できるということを暗示《あんじ》しています。

これらのことから、このカードは、たとえ今《いま》は苦《くる》しさにたえなければならないのだとしても、その行動《こうどう》はかがやかしい未来《みらい》へとつながっているということを意味《いみ》しています。

キーワードは「自己犠牲《じこぎせい》・我慢《がまん》・孤独《こどく》・不安《ふあん》・妥協《だきょう》・試練《しれん》・自虐《じぎゃく》・逆境《ぎゃっきょう》・努力《どりょく》・苦難《くなん》・忍耐《にんたい》・束縛《そくばく》・慈愛《じあい》・奉仕《ほうし》・修行《しゅぎょう》・献身《けんしん》」です。

説明書《せつめいしょ》を読《よ》んでみても、すぐにはカードのもつ意味《いみ》を全部《ぜんぶ》わかることはできなかった。

さくらがまゆをよせて、なやんでいると、プリンセス・ひみこはアドバイスした。

「一枚《まい》のカードにも、たくさんの意味《いみ》があるから、ぴんときた言葉《ことば》を手《て》がかりにするといいわ。」

説明書《せつめいしょ》のキーワードをながめながら、さくらは考《かんが》える。

(自己犠牲《じこぎせい》？　我慢《がまん》？　ううん、なんか、ちがう。えーっと、私《わたし》が知《し》りたいのは、占《うらな》い師《し》になれるかってことだから……、このカードがしめしているのは……。)

説明書《せつめいしょ》の文字《もじ》から目《め》をはなして、台《だい》の上《うえ》のカードをもう一度《いちど》、見《み》つめた。

すると、ふいに言葉《ことば》が思《おも》いうかんだ。

(そっか、わかった！　努力《どりょく》だ！)

もやもやとしたこい霧《きり》におおわれていた心《こころ》のおくに、さあーっと風《かぜ》がふいて、かくされていたものが見《み》えたような気分《きぶん》だった。

「占《うらな》い師《し》への道《みち》はきびしいけれど、がんばればできる……っていうこと？　かなあ？あってますか？」

首《くび》をかしげながら言《い》ったあと、さくらはプリンセス・ひみこのほうをうかがった。

「そんな顔《かお》しちゃ、ダメよ。占《うらな》い師《し》はなによりも、自信《じしん》たっぷりに堂々《どうどう》とした態度《たいど》でいなきゃ。これはあなたがみちびきだしたカードの答《こた》えなんだから、それであってるに決《き》まってるじゃない。はい、もう一度《いちど》やりなおして。」

「わかりました。」

プリンセス・ひみこに注意《ちゅうい》され、さくらはあわてて、胸《むね》をそらして、自信《じしん》ありげな顔《かお》をしてみせた。

「このカードがしめすのは、苦《くる》しい道《みち》のりでも、自分《じぶん》を信《しん》じて努力《どりょく》すれば、夢《ゆめ》は必《かなら》ずかなうということです。」

はっきりとした声《こえ》できっぱりと言《い》うと、自分《じぶん》でもおどろくほど、占《うらな》い師《し》めいていた。

「うん、合格《ごうかく》！　信頼《しんらい》できそうな言《い》い方《かた》だわ。練習《れんしゅう》を重《かさ》ねれば、もっとふんいきを身《み》につけられるでしょう。カードの暗示《あんじ》どおり、がんばってね。」

プリンセス・ひみこは人差《ひとさ》し指《ゆび》と親指《おやゆび》を丸《まる》めて、OK《オーケー》のサインを作《つく》って、ほめてくれた。

はじめて自分《じぶん》の力《ちから》で占《うらな》いをやったさくらは、どっとつかれを感《かん》じた。
（へとへとだよ～。占《うらな》い師《し》って、パワーを使《つか》う仕事《しごと》なんだなあ～。）
大《おお》きく息《いき》をはいて、タロットを箱《はこ》にしまう。
もうカードの束《たば》をあつかう手《て》つきに、たどたどしさはなくなっていた。
実際《じっさい》に占《うらな》いをしたことで、さくらはこのタロットを今《いま》までよりも、身近《みぢか》に感《かん》じた。
（私《わたし》の……、私《わたし》だけのタロット。これさえあれば……。）
箱《はこ》に入《い》れたタロットをだきしめると、力《ちから》がわきあがってくるようだった。
さくらは大切《たいせつ》なタロットをかかえて、占《うらな》いの館《やかた》をあとにした。

次《つぎ》の日《ひ》、さくらは血液型《けつえきがた》と星座《せいざ》の占《うらな》いの本《ほん》を持《も》って、学校《がっこう》に行《い》った。
だが、タロットカードは、ランドセルには入《い》れなかった。まだ人前《ひとまえ》で占《うらな》う自信《じしん》はなかったのだ。

休《やす》み時間《じかん》に、さくらが占《うらな》いの本《ほん》を広《ひろ》げて、みやびや美春《みはる》と話《はな》していると、あっというまにほかの女《おんな》の子《こ》たちも集《あつ》まってきた。

「なに、見《み》てんのー？」

「それ、占《うらな》いの本《ほん》なん？　見《み》して、見《み》して。」

「へー、血液型占《けつえきがたうらな》いかー。」

「みーやんは、B型《ビーがた》やろ？　ばりあたってるよな〜。」

「うんうん、まさにB《ビー》って感《かん》じ。マイペースやもんな。」

「ええよー。あたし、B型《ビーがた》の自分《じぶん》、気《き》に入《い》ってるもん。」

みやびは少《すこ》しふてくされたような表情《ひょうじょう》で、わざとらしく胸《むね》をはった。

（やっぱり、みーやんはB型《ビーがた》だったんだ！　血液型占《けつえきがたうらな》いって、あたってるなあ。おもしろーい！）

みやびの血液型《けつえきがた》が想像《そうぞう》どおりだったことに、さくらはおどろいた。

「美春《みはる》って、何型《なにがた》やっけ？」

「うちは……AB《エービー》やよ。」

「AB型《エービーがた》は天才《てんさい》やって！　ええなあ、美春《みはる》ちゃん！」

美春《みはる》のとなりにいた五木萌美《いつきもえみ》が、鼻息《はないき》をあらくして言《い》う。

「あたしなんか、ただのA《エー》やから、ふつうでおもろないわー。」

「えー、萌美《もえみ》ちゃん、A型《エーがた》ってイメージちゃうわー。あんま、きちょうめんちゃうやん。宿題《しゅくだい》かって、ちゃんとやってけーへんし。」

みやびが言《い》うと、萌美《もえみ》はムッとして、ほおをふくらませた。

「っていうかー、萌美《もえみ》ちゃんの場合《ばあい》、O《オー》よりのA《エー》って感《かん》じやんな。」

フォローするように、美春《みはる》が萌美《もえみ》に声《こえ》をかけた。

「そういや、うち、お父《とう》さんがA《エー》で、お母《かあ》さんがO《オー》やって言《い》ってた。」

「あー、そやからやなー。大《おお》ざっぱなO《オー》が入《はい》ってるA《エー》や。」

わいわいとさわいでるみやびたちに、思《おも》いきって、さくらも話《はな》しかける。

「あ、えっと、私《わたし》も、A型《エーがた》なんだよ。だから、B《ビー》のみーやんとは、相性《あいしょう》ぴったりだね。」

みやびのことをあだ名《な》でよんだことで、さくらの心臓《しんぞう》はドキドキした。

（みーやん、って、言《い》っちゃったけど、いやな顔《かお》されたら、どうしよう……。まだ、あだ

名《な》をよぶのは早《はや》いかな。なれなれしい子《こ》だって、思《おも》われちゃったかも？　でも、B《ビー》型《がた》のみーやんなら、気《き》にしないはず……。）

本《ほん》を見《み》ながら、みーやんは目《め》をまるくして、うれしそうに言《い》った。

「あ、ほんまやー。B《ビー》型《がた》のあなたのずぼらで、ルーズなところをきっちりとした性格《せいかく》のA《エー》型《がた》の友人《ゆうじん》が助《たす》けてくれ、おたがいにいい影響《えいきょう》をあたえあえます、って本《ほん》に書《か》いてあるわ。わーい、さくらちゃん、仲良《なかよ》くしよー。」

みやびに笑顔《えがお》をむけられて、さくらはほっと胸《むね》をなでおろした。

「新庄先生《しんじょうせんせい》って、ぜったいにO《オー》型《がた》やんな！」

本《ほん》を見《み》ながら、みやびが言《い》うと、みんないっせいにうなずいた。

「うんうん、だって、かたづけが苦手《にがて》やし。」

「服《ふく》もだらしないし。」

「なんでも、テキトーやもんなー。」

「でも、O《オー》型《がた》って、やさしいし、責任感《せきにんかん》あって、包容力《ほうようりょく》もあって、まとめ役《やく》やから、学校《がっこう》の先生《せんせい》にはむいてるみたいやで。」

美春《みはる》がフォローするように言《い》うと、みやびもうなずいた。

「まあなー。てか、自分《じぶん》のクラスの先生《せんせい》がAB型《エービーがた》とかやったら、最悪《さいあく》やんなあ。わけわからんもん。」

「そうやんなー、二面性《にめんせい》あるから、いきなりおこったりするんやろ。」

そこに、新庄先生《しんじょうせんせい》がやってきて、さくらのつくえの上《うえ》をのぞきこんだ。

「みんなで集《あつ》まって、なにやってんや？」

本《ほん》から顔《かお》をあげたみやびが、質問《しつもん》する。

「せんせー、血液型《けつえきがた》、何型《なにがた》なん？」

「なんや、いきなり。輸血《ゆけつ》でも必要《ひつよう》なんか？」

「ちゃうよ、占《うらな》いやってるねん。」

「はー、女子《じょし》って占《うらな》い、好《す》きやなあ。」

あきれたような声《こえ》で、新庄先生《しんじょうせんせい》は言《い》った。

「だって、おもしろいねんもん。で、何型《なにがた》なんよ？」

「血液型《けつえきがた》なあ……。じつは、知《し》らんのや。」

新庄先生《しんじょうせんせい》はさらりと言《い》ったが、みやびは大《おお》げさにおどろいた。

「えええーっ、マジで？」

「ああ、べつに、調《しら》べてへんからな。血液型《けつえきがた》なんか知《し》らんでも、今《いま》までくらしてこれてるで。」

かたをすくめた新庄先生《しんじょうせんせい》に、ほかの子《こ》たちも口々《くちぐち》に言《い》う。

「信《しん》じられへん。自分《じぶん》の血液型《けつえきがた》を知《し》らん人《ひと》がおるなんて。」

「なんで、知《し》らんのー？　わからへんかったら不安《ふあん》やん。」

「そやで、先生《せんせい》、輸血《ゆけつ》するときに、こまるんちゃう？」

新庄先生《しんじょうせんせい》は首《くび》を横《よこ》にふった。

「いや、もし輸血《ゆけつ》することになったら、病院《びょういん》でちゃんと、そのときに調《しら》べてもらえるらしいから。むしろ、自分《じぶん》で何型《なにがた》ですって言《い》って、かんちがいしてて、まちがって輸血《ゆけつ》したら、大変《たいへん》やろ。」

「そやけどなあ。そんなん、占《うらな》いできへんやん。」

「そうや、せっかく先生《せんせい》の性格《せいかく》、みようと思《おも》ったのに、おもんなーい。」

みやびたちの言葉《ことば》に、新庄先生《しんじょうせんせい》は胸《むね》をそらして、あごをなでる。

「そんなもん、血液型《けつえきがた》なんかで占《うらな》わんでも、先生《せんせい》が清廉潔白《せいれんけっぱく》、品行方正《ひんこうほうせい》、温厚篤実《おんこうとくじつ》なことは、わかりきっとるやないか。ついでに、眉目秀麗《びもくしゅうれい》も入《い》れとくか？」

新庄先生《しんじょうせんせい》が言《い》うと、しらーっという空気《くうき》が流《なが》れた。

みやびは無視《むし》して、つくえの上《うえ》の本《ほん》に目《め》をもどす。

「先生《せんせい》、O型《オーがた》、決定《けってい》やんな。」

「この性格《せいかく》は、O《オー》しか、ありえへん。」

「なあ、さくらちゃんも、そう思《おも》うやろ？」

声《こえ》をかけられ、さくらも「うん。」とうなずく。

自分《じぶん》のすわっている席《せき》のまわりに、多《おお》くの子《こ》たちが集《あつ》まって、こんなふうに話題《わだい》の中心《ちゅうしん》になるなんて、前《まえ》のさくらには考《かんが》えられないことだった。

さくらはにこにこして、みやびや美春《みはる》の顔《かお》をながめていた。

「そりゃ、先生《せんせい》はでかいから、大型《おおがた》と言《い》えなくもないけどな。ほれほれ、自分《じぶん》の席《せき》つきや。」

新庄先生《しんじょうせんせい》に言《い》われ、席《せき》を立《た》っていた子《こ》たちは、自分《じぶん》のつくえにもどっていった。

そのとき、さくらの耳《みみ》に、ぼそっと声《こえ》が聞《き》こえた。

「……占《うらな》いなんて、バカみたい。」

小《ちい》さな声《こえ》だったが、あきらかに、さくらにむけられた言葉《ことば》だった。

(え？　なに？　だれ……？)

きょろきょろと、さくらは教室《きょうしつ》を見《み》まわす。

だが、その声《こえ》の主《ぬし》をみつけることは、できなかった。

3 占《うらな》い師《し》さくら

占《うらな》いの話題《わだい》のおかげで、さくらはすぐに、クラスにとけこむことができた。

クラスのほとんどの子《こ》が、占《うらな》いにきょうみをしめした。自分《じぶん》がどんな性格《せいかく》で、将来《しょうらい》はどんな仕事《しごと》にむいているのか、どんな子《こ》と相性《あいしょう》がいいのかなどを知《し》るため、占《うらな》いの本《ほん》を持《も》っているさくらに話《はな》しかけてきた。

家《いえ》に帰《かえ》ると、さくらは毎日《まいにち》、タロットカードで、占《うらな》いの練習《れんしゅう》をした。

今《いま》ではすっかり、カードの意味《いみ》も暗記《あんき》して、見《み》ただけですぐに、そのカードがどういう意味《いみ》をあらわしているのか、わかるようになっていた。

(そろそろ、みんなの前《まえ》で、タロットをやってみようかな?)

自分《じぶん》の部屋《へや》で、広《ひろ》げたタロットをながめながら、考《かんが》える。

血液型《けつえきがた》や星座《せいざ》による占《うらな》いは、性格《せいかく》や運勢《うんせい》を読《よ》んでしまえば、それで終《お》わりだ。

ひととおり自分《じぶん》にかんすることを知《し》ったクラスの女子《じょし》たちの関心《かんしん》が、だんだん、うすれていることに、さくらは気《き》づいていた。

だが、タロットなら、なやみごとがあれば、いつだって、どんなことだって占《うらな》うことができる。

血液型《けつえきがた》や星座《せいざ》だけじゃわからなかったことまで、占《うらな》うことができるのなら、きょうみをもってもらえるだろう。

(よし、カードにきいてみよう!)

そう思《おも》いついて、ぐるぐるとカードをシャッフルする。

(学校《がっこう》で、タロット占《うらな》いをしたら、うまくいくでしょうか?)

目《め》をとじて、心《こころ》の中《なか》で念《ねん》じてから、一枚《まい》のカードをめくる。

カードには、王冠《おうかん》をかぶった赤《あか》いマントの老人《ろうじん》が、どっしりと玉座《ぎょくざ》にこしかけて、手《て》につえと宝玉《ほうぎょく》を持《も》っているすがたが描《えが》かれていた。

(あっ、『皇帝《こうてい》』の正位置《せいいち》だ! やった! これって、勝利《しょうり》や成功《せいこう》をあらわすカードだ!)

その絵柄《えがら》を見《み》たとき、さくらにはカードがかがやいているように思《おも》えた。

(目的《もくてき》をもって、慎重《しんちょう》に行動《こうどう》すれば、達成《たっせい》できる……。権力《けんりょく》のある人《ひと》、リーダーシップをもっている人《ひと》のそばにいることが、成功《せいこう》のかぎなんだよね。これって、担任《たんにん》の新庄先生《しんじょうせんせい》のことかな？　いや、そうじゃなくて、……みーやん、かな？)

いいカードが出《で》たことで、さくらは勇気《ゆうき》づけられた。

カードの中《なか》の皇帝《こうてい》がじっと自分《じぶん》を見《み》つめて、語《かた》りかけてくるような気《き》がする。

(なせばなる……。自信《じしん》をもて、って言《い》ってくれてるのですね？　わかりました。積極的《せっきょくてき》に、やってみます。)

さくらは心《こころ》を決《き》めて、タロットをランドセルに入《い》れた。


タロットを持《も》っていると心強《こころづよ》くて、学校《がっこう》にむかう足取《あしど》りも、はずむようだった。

前《まえ》の学校《がっこう》では、教室《きょうしつ》に入《はい》っても、だれも声《こえ》をかけてくれなくて、つらかった。けれど、今《いま》はちがう。

「おっはよー、さくりゃん！」

元気《げんき》よく声《こえ》をかけてきたみやびに、さくらはぱちぱちとまばたきする。

「さ……、さくりゃん？」

「そう！　あだ名《な》、考《かんが》えてみてん。かわいいやろ？　今日《きょう》から、さくらちゃんは、さくりゃんな！」

少《すこ》しとまどったが、さくらはすぐに、笑顔《えがお》をつくる。

「う、うん！　かわいい！」

「そやろ、そやろ。あたしのセンスは、ばつぐんやからな。」

みやびは満足《まんぞく》そうに、何度《なんど》もうなずいた。

（あだ名《な》……。私《わたし》、だれかに、あだ名《な》をつけてもらうの、はじめてだ。うれしい……。）

となりにいた美春《みはる》が、さくらを気《き》づかうように言《い》う。

「ほんまに、そんなあだ名《な》でよばれてええの？　さくらちゃん、正直《しょうじき》に言《い》いや？」

そんな美春《みはる》を見《み》て、みやびは口《くち》をとがらせた。

「本人《ほんにん》がかわいい言《い》うてるんやから、ええやんか。美春《みはる》はいちいち、うるさいなあ。」

「本心《ほんしん》じゃ、いやがってても、みーやんに悪《わる》いかなあと思《おも》って、言《い》いだせないかもしれないやろ。変《へん》なあだ名《な》つけるのって、いじめやねんで。」

「変《へん》ちゃうやん！　さくりゃんって、かわいいやん！」

むっつりした表情《ひょうじょう》で、みやびは言《い》いかえす。

「だいたい、口《くち》ではいいって言《い》っておきながら、ほんまは、いやがってるなんて、めっちゃ性格悪《せいかくわる》いやん。そんなん、美春《みはる》はAB《エービー》で裏表《うらおもて》あるから、そんなふうに思《おも》うんやろ！　さくりゃんは、A型《エーがた》やし、そんな子《こ》ちゃうもん。なっ、さくりゃん？」

みやびにうでを引《ひ》っぱられながら言《い》われて、さくらはあわてて、うなずく。

「う、うん。えっとね、私《わたし》、ほんとうに、みーやんがあだ名《な》をつけてくれたの、うれしいから。よかったら、美春《みはる》ちゃんも、さくりゃんってよんで。」

険悪《けんあく》な空気《くうき》をなんとかしたくて、さくらは楽《たの》しそうな声《こえ》を出《だ》して、美春《みはる》に言《い》った。

だが、美春《みはる》はぷいっと、みやびから顔《かお》をそむけたままだ。

そこに、ひとりの子《こ》が声《こえ》をかけてきた。

「あの……、佐々木《ささき》さん、ちょっといい？」

ふたりのあいだにはさまれて、おろおろしていたさくらは、ほっとした気持《きも》ちで、そちらをむく。

そこには、地味《じみ》めの服装《ふくそう》の女《おんな》の子《こ》が立《た》っていた。

ふちがワインレッドのメガネをかけていて、いかにも勉強《べんきょう》ができそうな印象《いんしょう》をあたえる女《おんな》の子《こ》だ。

「なに？　えっと……？」

相手《あいて》の名前《なまえ》がわからず、さくらは言葉《ことば》をにごらせる。まだクラス全員《ぜんいん》の名前《なまえ》をおぼえきれていなかった。

「私《わたし》は古川梅乃《ふるかわうめの》。あんね、佐々木《ささき》さんって、占《うらな》いにくわしいって聞《き》いたから……。」

梅乃《うめの》が言《い》いかけたときに、教室《きょうしつ》に新庄先生《しんじょうせんせい》が入《はい》ってきた。

「あ、またあとで。」

梅乃《うめの》はそう言《い》って、ぱたぱたと自分《じぶん》の席《せき》に走《はし》っていった。

あとで、と言《い》った梅乃《うめの》は、休《やす》み時間《じかん》になっても、話《はな》しかけてくることはなかった。

（古川《ふるかわ》さん、なんの用《よう》だったのかな……？　用《よう》がわからないのに、こっちから声《こえ》をかけるのも、変《へん》かもしれないし……。）

梅乃《うめの》の姿《すがた》を目《め》で追《お》いながら、さくらがなやんでいるうちに、帰《かえ》りの会《かい》の時間《じかん》になった。

帰《かえ》りの会《かい》というのは、六時間目《じかんめ》が終《お》わったあと、先生《せんせい》からの連絡《れんらく》や今日《きょう》のできごとを発表《はっぴょう》したり、反省点《はんせいてん》を話《はな》しあったりする時間《じかん》だ。

（学校《がっこう》によって、いろいろなんだあ。前《まえ》の学校《がっこう》には、こんなのなかったもん。習《なら》い事《ごと》とかがあるから、みんな早《はや》く帰《かえ》りたがっていたし。でも、こっちじゃ、帰《かえ》りの会《かい》が長《なが》びいたら、下校時間《げこうじかん》がどんどんおそくなっちゃうのに、こんなことしてるんだ。変《か》わってるなあ。）

クラス委員《いいん》の梅乃《うめの》が前《まえ》に出《で》て、帰《かえ》りの会《かい》の司会《しかい》をおこなう。

「みなさん、なにか、意見《いけん》はありませんか？」

梅乃《うめの》が言《い》うと、みやびが手《て》をあげた。

「はい！　今日《きょう》、お昼休《ひるやす》みに、鶴田大地《つるただいち》くんがろうかを走《はし》っていて、ぶつかりそうになりましたー。それを注意《ちゅうい》したら、大地《だいち》くんは、うっさい、ボケ、って言《い》いましたー。あやまってくださいー。」

みやびの意見《いけん》に、スポーツがりで丸《まる》い頭《あたま》をした男《おとこ》の子《こ》が、きょとんとした顔《かお》をする。

「え？　待《ま》ってや。それ、おれ、ちゃうで。」

それから、大地《だいち》は、後《うし》ろの席《せき》の男《おとこ》の子《こ》を見《み》た。その子《こ》も、丸《まる》い頭《あたま》で、大地《だいち》とまったく同《おな》じ顔《かお》をしていた。

「大洋《たいよう》、おまえやろ？」

だが、大洋《たいよう》はぶんぶんと首《くび》を横《よこ》にふる。

「ぼくも、ちゃうって。」

「ってことは、大気《たいき》やな！」

大地《だいち》と大洋《たいよう》の二つの同《おな》じ顔《かお》が見《み》た席《せき》には、苦笑《にがわら》いをうかべている丸《まる》い頭《あたま》があった。

「あはは、バレた。しゃーないな。はいはい、おいらがやりましたー。ごめんなさいー。」

大気《たいき》はいかにも口《くち》だけという感《かん》じで、みやびにむかってあやまった。

(三《み》つ子《ご》って、めずらしいなあ。そっくりだ。前《まえ》の学校《がっこう》にも双子《ふたご》はいたけれど、三《み》つ子《ご》を見《み》たのは、はじめてだ。)

さくらはまじまじと、三つならんだ顔《かお》をながめる。

大気《たいき》がすなおにあやまったことによって、今日《きょう》の帰《かえ》りの会《かい》は、すぐに解決《かいけつ》した。

教室《きょうしつ》に「先生《せんせい》、さようなら。」「みなさん、さようなら。」という、あいさつがひびく。

帰《かえ》りのあいさつを終《お》えて、席《せき》をはなれようとしたさくらに、梅乃《うめの》が近《ちか》づいてきた。

「あ、佐々木《ささき》さん、いいかな……?」

梅乃《うめの》はためらいがちに声《こえ》をかけたものの、だまってしまう。

クラスの子《こ》が教室《きょうしつ》から出《で》ていくのを待《ま》っているようだった。

「さくりゃんっ、帰《かえ》ろ!」

みやびが声《こえ》をかけてきたので、さくらはこまったように、梅乃《うめの》を見《み》た。

「なに? なに? 古川《ふるかわ》さん、どうしたん? そういや、朝《あさ》も、さくりゃんになんか用《よう》あるみたいやったな。」

うつむいている梅乃《うめの》の顔《かお》をのぞきこむようにして、みやびは見《み》た。

「あんね、私《わたし》もね、佐々木《ささき》さんに占《うらな》いをしてもらいたいの……。」

消《き》え入《い》りそうな細《ほそ》い声《こえ》で、梅乃《うめの》は言《い》った。

「それで、その……。」

ちらちらとみやびのほうを見《み》て、梅乃《うめの》はまたうつむいた。

そこにやってきた美春《みはる》が、みやびのそでをひっぱる。

「ほら、みーやん、行《い》くで。うちら、先《さき》に帰《かえ》るな。」

さくらにそう言《い》って、美春《みはる》はみやびを連《つ》れていこうとした。

「え？　なんで？　ここで待《ま》つから、さくりゃんもいっしょに帰《かえ》ろうや。」

「うちらがおったら、古川《ふるかわ》さんが話《はな》しにくいやろ。」

「えーっ、そうなん？　べつに、ええやん。なあ、古川《ふるかわ》さん？」

その場《ば》で足《あし》をふんばっているみやびに、梅乃《うめの》はうなずいた。

「あ、うん……。いいけど……。でも、ほかの人《ひと》には、言《い》わへんといてね。私《わたし》が占《うらな》いに、きょうみをもってること……。」

声《こえ》をひそめるように梅乃《うめの》は言《い》う。

「なんで？　かくすようなこと、ちゃうやん。」

みやびはふしぎそうに大《おお》きく目《め》を見《み》ひらいて、首《くび》をかしげた。

「私《わたし》、中学受験《ちゅうがくじゅけん》するつもりやのね。そんで、めっちゃ勉強《べんきょう》してるんやけど、不安《ふあん》やから、占《うらな》いでみてもらいたくて……。でも、そのこと、同《おな》じ塾《じゅく》の子《こ》たちには、知《し》られたくないねん。なんか、弱《よわ》み、にぎられるみたいやし、バカにされそうやから……。」

「ふーん、弱《よわ》みなあ……。頭《あたま》ええ子《こ》の考《かんが》えることは、わからへんな。」

みやびは大《おお》げさなようすで、かたをすくめた。

ふたりの会話《かいわ》をだまって聞《き》いていたさくらは、ランドセルの中《なか》から、占《うらな》いの本《ほん》を取《と》り出《だ》した。

「えっと、古川《ふるかわ》さん、何座《なにざ》なの？」

さくらがたずねると、梅乃《うめの》は軽《かる》く頭《あたま》をふる。

「今《いま》まで、占《うらな》いとかぜんぜんしたことないから、自分《じぶん》の星座《せいざ》、わからへん。十二月《がつ》二十五日生《にちう》まれやねんけど。」

「それなら、やぎ座《ざ》だね。」

さくらは占《うらな》いの本《ほん》をぱらぱらとめくって、やぎ座《ざ》のページを開《ひら》いた。

「やぎ座《ざ》の守護星《しゅごせい》は土星《どせい》で、苦《くる》しいことや難題《なんだい》にも、心《こころ》をくじけさせることなく、もくもくと努力《どりょく》することができます。向上心《こうじょうしん》にあふれ、夢《ゆめ》にむかって、堅実《けんじつ》に道《みち》を一歩《いっぽ》一歩《いっぽ》ふみしめて進《すす》んでいけるでしょう。将来《しょうらい》は、医者《いしゃ》や看護師《かんごし》など医療関係《いりょうかんけい》の仕事《しごと》にむいていlます、だって。」

さくらが本《ほん》に書《か》かれていることを読《よ》みあげると、梅乃《うめの》の顔《かお》が明《あか》るくなった。

「ほんま？ うれしい！ 医療関係《いりょうかんけい》ってことは、獣医《じゅうい》さんにも、むいてんのかなあ？ 私《わたし》、大人《おとな》になったら、獣医《じゅうい》さんになりたいねん。そんために、今《いま》から勉強《べんきょう》してんの。」

梅乃《うめの》ははずむような声《こえ》を出《だ》して、さくらのつくえの上《うえ》に身《み》を乗《の》りだしてくる。

「ほかには？ やぎ座《ざ》のこと、もっと教《おし》えて。」

「ラッキーカラーは黒《くろ》で、ラッキースポットは図書館《としょかん》。休日《きゅうじつ》には静《しず》かな場所《ばしょ》で、ゆっくりとすることで、ツキをよぶことができます。相性《あいしょう》がいいのは、うお座《ざ》。プライドが高《たか》くて、他人《たにん》に弱音《よわね》をはくことができないやぎ座《ざ》は、周囲《しゅうい》から誤解《ごかい》され、孤立《こりつ》することもありますが、せんさいで気《き》づかいの上手《じょうず》なうお座《ざ》が相手《あいて》なら、すなおになって、心《こころ》を開《ひら》くことができるでしょう。」

「あたってる気《き》、するなあ。うお座《ざ》って……、佐々木《ささき》さんは、うお座《ざ》やったよね？　言《い》われてみれば、私《わたし》、人《ひと》に弱《よわ》いところ見《み》せたくないけど、佐々木《ささき》さんになら占《うらな》いのこと聞《き》いてみたいなって、すなおに思《おも》えたもん。」

きらきらと目《め》をかがやかせて、梅乃《うめの》はさくらのことを見《み》つめる。

「今《いま》まで、占《うらな》いなんか、非科学的《ひかがくてき》やと思《おも》って、気《き》にしたことなかったけど、おもしろいね。」

感激《かんげき》したように言《い》ったあと、梅乃《うめの》はつぶやいた。

「でも……、受験《じゅけん》に合格《ごうかく》できるかどうかとか、そういうことまでは、さすがに書《か》いてへんよね？」

ぽつりと心細《こころぼそ》げに言《い》った梅乃《うめの》に、さくらは顔《かお》をあげる。

「よかったら、タロットで、占《うらな》ってあげようか？」

「できるの？」

梅乃《うめの》は期待《きたい》に満《み》ちた顔《かお》で、さくらを見《み》た。

さくらはランドセルから、タロットカードの箱《はこ》を取《と》り出《だ》す。

みやびがきょうみぶかげに、のぞきこんできた。

「おー、すごい、すごい、タロットやー。本格的《ほんかくてき》って感《かん》じやな。」

「でも、ちょっとこわい感《かん》じもする。タロットって、乱暴《らんぼう》にあつかったりしたら、呪《のろ》われそうっていうか……。」

おそるおそるタロットに目《め》をやって、美春《みはる》は言《い》った。

「そんなことないよ。このタロットは、ちゃんと占い師《うらなし》さんにお清《きよ》めをしてもらったから、だいじょうぶ。」

さくらはつくえの上《うえ》で、ゆっくりとカードをシャッフルした。

「それじゃあ、古川《ふるかわ》さんが中学《ちゅうがく》に合格《ごうかく》できるかどうか、カードに聞《き》いてみるよ?」

「うん。お願《ねが》い。」

梅乃《うめの》はしんけんな表情《ひょうじょう》で、さくらの手《て》の先《さき》のカードを見《み》つめる。

めくったカードには、書物《しょもつ》を手《て》にして胸《むね》に十字架《じゅうじか》をかけた女性《じょせい》が描《えが》かれていた。全体的《ぜんたいてき》にきれいな水色《みずいろ》が使《つか》われており、神秘的《しんぴてき》ですんだ印象《いんしょう》をあたえる絵柄《えがら》だ。

「これは『女教皇《おんなきょうこう》』の正位置《せいいち》でね、理性《りせい》や知識《ちしき》、聡明《そうめい》さをあらわすカードなの。」

さくらはカードを見《み》ながら、説明《せつめい》した。

「それって、どういうこと？　合格《ごうかく》できそうってことなん？」

期待《きたい》と不安《ふあん》の入《い》りまじった表情《ひょうじょう》で、梅乃《うめの》はさくらを見《み》あげる。

「合格《ごうかく》できる可能性《かのうせい》は、かなり高《たか》そうだよ。カードは、平常心《へいじょうしん》をわすれずに、冷静《れいせい》な気持《きも》ちで試験《しけん》にのぞめば、実力《じつりょく》を発揮《はっき》できます、って告《つ》げてる。」

ゆっくりとさくらが言《い》うと、ほっとしたように、梅乃《うめの》は笑顔《えがお》を見《み》せた。

「ありがとう！　佐々木《ささき》さんのおかげで、自信《じしん》をもてそう。このあいだの模試《もし》の結果《けっか》が悪《わる》くて、落《お》ちこんで、もうあきらめちゃおうかな……って思《おも》っててん。けど、占《うらな》いでいいカード出《で》たから、また、がんばれそうな気《き》がする。」

梅乃《うめの》によろこんでもらえて、さくらもうれしかった。

（こんなにうれしそうな笑顔《えがお》が見《み》られるなんて、がんばって、占《うらな》いができるようになって、よかったな。）

そう思《おも》って、大切《たいせつ》なタロットをぎゅっとだきしめる。

息《いき》をひそめて見守《みまも》っていたみやびと美春《みはる》も、占《うらな》いの結果《けっか》に、ふうーっと息《いき》をはいた。

「やっぱ、タロットやってると、ふんいきちゃうなあ。さくりゃんのまわりに、オーラとか見《み》えそうやったもん。」

「うん、なんか、神秘的《しんぴてき》って感《かん》じやったね。」

じっと見《み》つめられて、さくらは照《て》れた。

「佐々木《ささき》さん、今日《きょう》はほんまにありがとう。また今度《こんど》、なやんだときにも、相談《そうだん》にのってね。」

梅乃《うめの》は何度《なんど》もさくらに礼《れい》を言《い》って、最初《さいしょ》のうつむいた暗《くら》い表情《ひょうじょう》ではなく、晴《は》れ晴《ば》れとした顔《かお》で、教室《きょうしつ》から出《で》ていった。

4 敵《てき》対《たい》者《しゃ》

さくらのタロット占《うらな》いのうわさは、あっというまに広《ひろ》がった。

放《ほう》課《か》後《ご》にほぼ毎日《まいにち》のように、占《うらな》ってほしいと、クラスの女子《じょし》たちがさくらに相談《そうだん》をもちかけてきた。

なやみごとのなかでも、いちばん多《おお》かったのが、恋愛《れんあい》にかんすることだった。

彼《かれ》と自分《じぶん》の相性《あいしょう》を知《し》りたい、彼《かれ》に好《す》きな子《こ》がいるのかどうか知《し》りたい、彼《かれ》が自分《じぶん》のことをどう思《おも》っているのか知《し》りたい……。

さくらはまだ、だれかを好《す》きになったことはなかったが、相談《そうだん》をしてくる子《こ》たちは、しんけんそのものだった。

「相性《あいしょう》をみるためには、相手《あいて》の血液型《けつえきがた》や星座《せいざ》とかのデータが必要《ひつよう》なんやんなー？」

お昼休《ひるやす》みに、みやびがふと、つぶやいた。

「うん、タロットだけでもできないことはないけど、相性《あいしょう》は星座《せいざ》でみたほうが確実《かくじつ》だから。」

さくらが言《い》うと、みやびは首《くび》をひねる。

「でもさー、わざわざ男子《だんし》に、占《うらな》いするためにいるからって星座《せいざ》とか聞《き》いたら、自分《じぶん》はその子《こ》のことが好《す》きやって、告白《こくはく》しているようなもんやで。」

「そうなんよね。まあ、占《うらな》ってもらいたくても、相手《あいて》の誕生日《たんじょうび》とか、知《し》らんしー。」

「えっ？　美春《みはる》、好《す》きな子《こ》、おったん？　うそーっ、知《し》らんかった！　だれ？　だれ？

このクラスの男子《だんし》？」

大《おお》げさにおどろいて、問《と》いつめてくるみやびに、美春《みはる》は顔《かお》をしかめた。

「べつに、好《す》きっていうか、ちょっと気《き》になってるだけ。ええやん、だれでも。」

「そうや！　めっちゃええこと、考《かんが》えついた！」

パンッと手《て》を打《う》って、みやびは言《い》った。

「あんな、クラスの男子全員《だんしぜんいん》にアンケートやったらええねん！　個人的《こじんてき》にひとりに聞《き》いたら、その子《こ》が好《す》きってバレるけど、みんなに聞《き》いたらわかれへんやろ。そしたら、占《うらな》いの役《やく》に立《た》つんとちゃう？」

「いいね、それ！」

さくらもうなずく。

「よっしゃ、そうと決《き》まれば、さっそくアンケート開始《かいし》や！」

そう言《い》って席《せき》を立《た》つと、みやびは手《て》にペンとノートを持《も》って、近《ちか》くにいた三つ子《みご》のところに近《ちか》よった。

「ちょっと聞《き》きたいねんけど、大地《だいち》くんらの星座《せいざ》って、何座《なにざ》？」

すると、にんまりと笑《わら》って、大地《だいち》は答《こた》えた。

「おれ、ピザ～。」

大洋《たいよう》と大気《たいき》も、つづけざまに言《い》う。

「ぼくは、インフルエンザ。」

「そやったら、おいら、便座《べんざ》！」

みやびはむっとして、どなった。

「もーっ、ちゃんと答《こた》えてや！　血液型《けつえきがた》は？」

「おれ、クワガタ〜。」

「ぼくは、なでがた。」

「そやったら、おいら、最新型《さいしんがた》！」

自分《じぶん》たちの答《こた》えに大《おお》うけして、三《み》つ子《ご》はゲラゲラと笑《わら》いながら、おたがいの背中《せなか》をたたきあっている。

冷《ひ》ややかな目《め》で、みやびは彼《かれ》らを見《み》た。

「アホちゃう？　もう、ええわ！　どうせ、あんたらと相性占《あいしょううらな》いしようと思《おも》う女子《じょし》なんか、おらんやろうしな！」

ぷんぷんおこりながら、みやびはべつの男子《だんし》の席《せき》に近《ちか》づいていく。

そんなみやびをながめながら、美春《みはる》はさくらに言《い》った。

「みーやんってば、思《おも》いつくと、そく、行動《こうどう》の子《こ》やからなあ……。さくらちゃん、めいわくしてへん？」

気《き》づかうような口調《くちょう》の美春《みはる》に、さくらはあわてて首《くび》を横《よこ》にふる。

「そんなことないよ。私《わたし》の占《うらな》いのために、あんなふうに積極的《せっきょくてき》にやってくれて、すごくうれしいって思《おも》ってるもん。」

「そやったら、ええけど。みーやんの場合《ばあい》、相手《あいて》の気持《きも》ちはおかまいなしっていうか、自分《じぶん》がやりたいように、やっちゃうから……。みーやんのそういうとこ、むかつくときもあるかもしれへんけど、ゆるしたってな。」

美春《みはる》がみやびのためを思《おも》って、そう忠告《ちゅうこく》しているということは、さくらにも伝《つた》わった。

「だいじょうぶ、わかってるから。ちょっと強引《ごういん》で、マイペースなところは、B型《ビーがた》だから、しかたないよ。」

さくらは安心《あんしん》させるように、笑顔《えがお》をつくってみせたが、美春《みはる》は表情《ひょうじょう》をくもらせた。

「そういうのって……、関係《かんけい》あるんかなあ……、血液型《けつえきがた》とか……。」

小《ち》さな声《こえ》で、ぼそりとつぶやいた美春《みはる》に、さくらは首《くび》をかしげる。

「なに？　美春《みはる》ちゃん、なんか言《い》った？」

「ううん、なんでもない。うわ、みーやん、小谷秀治《こたにしゅうじ》にまで、声《こえ》かけてるやん。」

みやびが黒《くろ》ぶちのメガネをかけた男子《だんし》に話《はな》しかけているのを見《み》て、美春《みはる》は言《い》った。

「あの白《しろ》いシャツ着《き》てるのが、小谷秀治《こたにしゅうじ》くん？」

「そう、天才少年《てんさいしょうねん》って言《い》われてて、塾《じゅく》の模試《もし》でも全国《ぜんこく》でトップクラスらしい。成績《せいせき》はええけど、ちょっと変《へん》なヤツって、みんなから思《おも》われてる子《こ》や。」

耳《みみ》をすますと、みやびたちの会話《かいわ》が聞《き》こえてきた。

「そんなわけやから、血液型《けつえきがた》と星座《せいざ》を教《おし》えて。」

「なるほど、理解《りかい》した。血液型《けつえきがた》と星座《せいざ》とは、占《うらな》いに使《つか》うものだったのか。占《うらな》いにより、そこから性格《せいかく》がみちびきだせるというのだな。これで、やっと、長年《ながねん》のなぞがとけた。」

秀治《しゅうじ》はみやびの話《はなし》を聞《き》いて、なっとくしたようにうなずいた。

「はあ？　なに言《い》うてんの？」

みやびはきみょうなものを見《み》る目《め》つきで、秀治《しゅうじ》を見《み》る。

「ぼくは、以前《いぜん》、パソコンで自分《じぶん》のホームページを作《つく》り、そこに自己紹介《じこしょうかい》をのせようと思《おも》った。そこで、参考《さんこう》にするため、いくつかのホームページの自己紹介《じこしょうかい》というものを見《み》たのだが、そのほとんどに、自分《じぶん》が何型《なにがた》であり、何座《なにざ》であるということが明記《めいき》されていた。これはいったい、どういうことなのか……？」

ぐいっと、ひとさし指《ゆび》でメガネをおしあげ、秀治《しゅうじ》は言《い》った。

「ぼくは、考《かんが》えた。自己《じこ》を紹介《しょうかい》するとは、どういうことなのか？　そもそも、自己《じこ》とはなにか？　それはじつに深《ふか》く難解《なんかい》な問題《もんだい》だったが、ぼくはとりあえず、好《す》きな本《ほん》のタイトルや作家《さっか》について、書《か》いてみた。それにより、ぼくがその本《ほん》を好《す》きだということを知《し》った人《ひと》が、その本《ほん》を好《す》きだった場合《ばあい》、自分《じぶん》も同《おな》じであると共感《きょうかん》して、話《はなし》のきっかけになると考《かんが》えたからだ。」

「はあ……。」

きょとんとした顔《かお》をして、みやびは目《め》をぱちぱちさせる。

「星座《せいざ》や血液型《けつえきがた》を紹介《しょうかい》されたところで、今《いま》までのぼくは、それがなにを意味《いみ》するのか、わからなかった。その人物《じんぶつ》が何座《なにざ》であるという情報《じょうほう》から、なにを読《よ》みとればいいのか、わからなかった。なんのために、そんなものを紹介《しょうかい》しているのか、わからなかったのだ。だから、星座《せいざ》などを知《し》らされても、意味《いみ》がないと思《おも》っていた。だが、今《いま》は、理解《りかい》した。」

大《おお》きくうなずいて、秀治《しゅうじ》は言《い》う。

「その人物《じんぶつ》は、自分《じぶん》が何座《なにざ》の何型《なにがた》であると紹介《しょうかい》することで、血液型《けつえきがた》および星座占《せいざうらな》いにおけ

るその項目《こうもく》の性格《せいかく》を参考《さんこう》にせよ、そして自分《じぶん》がどういう人間《にんげん》か判断《はんだん》せよ、と伝《つた》えているわけだったのだ！」

にぎりこぶしを作《つく》り、力説《りきせつ》した秀治《しゅうじ》に、みやびはあきれたような顔《かお》をした。

「うーんと、なんや、まどろこしいこと言《い》うてるけど、つまり、自己紹介《じこしょうかい》で血液型《けつえきがた》と星座《せいざ》を言《い》うのはなんでか、っていうことを必死《ひっし》で考《かんが》えとったわけやね。さすが、変人《へんじん》、小谷《こたに》くんや……。」

「ああ、そういえば、最近《さいきん》うちのクラスにやってきた転校生《てんこうせい》の女子《じょし》も、自己《じこ》を紹介《しょうかい》する場合《ばあい》において、血液型《けつえきがた》および星座《せいざ》をのべていたな。」

自分《じぶん》のことが話題《わだい》になったので、さくらは、どきりとした。

「あのときにも、ぼくはふしぎに思《おも》ったのだ。誕生日《たんじょうび》を知《し》らせるなら、その意味《いみ》はわかる。すなわち、自分《じぶん》の誕生日《たんじょうび》はいつなので、その日《ひ》にはプレゼントを用意《ようい》してくれ、などのメッセージがこめられているのだろう。だが、血液型《けつえきがた》および星座《せいざ》を告《つ》げられたところで、ぼくはその情報《じょうほう》をどうしたらいいのだと、疑問《ぎもん》に感《かん》じていた。だが、今《いま》は理解《りかい》した。彼女《かのじょ》は自分《じぶん》がA型《エーがた》であると言《い》うことによって、つまりは血液型性格診断《けつえきがたせいかくしんだん》において一般的《いっぱんてき》にまじめできちょうめんである性格《せいかく》だ、ということを伝《つた》えたかったのだろう。」

うれしげな声《こえ》で語《かた》っていた秀治《しゅうじ》は、ふと、まゆをひそめる。

「しかし、まわりくどく、不親切《ふしんせつ》な自己《じこ》の紹介《しょうかい》のしかただといえるな。血液型《けつえきがた》および星座《せいざ》を知《し》らせたところで、相手《あいて》が占《うらな》いにまったくきょうみがなく、知識《ちしき》がなければ、その血液《けつえき》型《がた》および星座《せいざ》がどんな性格《せいかく》をあらわしているのか、相手《あいて》がなにを伝《つた》えたいと思《おも》っているのか、さっぱりわからないではないか。」

うでを組《く》んで、秀治《しゅうじ》は頭《あたま》をかたむけた。

「それとも、どの血液型《けつえきがた》は一般的《いっぱんてき》にどのような性格《せいかく》とされ、どの星座《せいざ》の人物《じんぶつ》の特徴《とくちょう》はどのようなものであるということは、教養《きょうよう》として身《み》につけておかなければならないものなのだろうか？」

考《かんが》えこみながら、ぶつぶつと秀治《しゅうじ》は言《い》う。

「少《すく》なくとも、一方的《いっぽうてき》に血液型《けつえきがた》および星座《せいざ》を自己紹介《じこしょうかい》として明記《めいき》している人物《じんぶつ》は、占《うらな》いにおける性格診断《せいかくしんだん》は常識《じょうしき》であり、そこから相手《あいて》がなんらかの意味《いみ》を読《よ》みとれるのは当然《とうぜん》だと考《かんが》えたうえで、血液型《けつえきがた》および星座《せいざ》を書《か》いているのだろう。世《よ》の中《なか》には、まだまだわからないことがたくさんあるな……。」

そんな秀治《しゅうじ》にしびれをきらして、みやびはペンでノートをパンパンとたたきながら、たずねる。

「それはもうええからさー、で、結局《けっきょく》、小谷《こたに》くんの血液型《けつえきがた》と星座《せいざ》は？」

「だが、待《ま》てよ。そもそも、その血液型《けつえきがた》および星座《せいざ》から、性格《せいかく》などが判断《はんだん》できるという、根拠《こんきょ》はなんだ？」

みやびの言葉《ことば》は気《き》にせず、秀治《しゅうじ》は考《かんが》えこむ。

「なぜ、血液型《けつえきがた》および星座《せいざ》で、性格《せいかく》や相性《あいしょう》などがわかると考《かんが》えるのだ？」

真顔《まがお》でたずねられ、みやびは返事《へんじ》につまった。

「なんでって……、そういうもんやん。テレビでやってたし、本《ほん》にも書《か》いてあるし……。そんなん、常識《じょうしき》やで。ふつう、みんな知《し》ってるで。」

「みんな、ではないだろう。げんに、このぼくは、知《し》らなかった。」

「それはあんたが常識《じょうしき》はずれの変人《へんじん》やからやろ！　まあ、聞《き》かんでも、だいたい血液型《けつえきがた》はわかるわ。たぶん、AB《エービー》やろな。」

「それが正解《せいかい》かいなかは、どちらにしろ、ぼくは教《おし》えるつもりはない。個人情報《こじんじょうほう》をあんいに他人《たにん》に知《し》らせるべきではないからな。」

「なんやねんそれはーっ！　もう、時間《じかん》のムダやった！　あー、つきあってそんした！」

みやびはダンダンと足《あし》をふみならして、秀治《しゅうじ》のそばからさっていった。

ふたりのやりとりを見《み》ていた美春《みはる》が、おもしろそうに笑《え》みをもらす。

「ふふっ、結局《けっきょく》、さすがのみーやんも、小谷《こたに》くんのペースには、つきあいきれへんかったみたいやね。」

その表情《ひょうじょう》はうれしそうで、けれども、どこかがっかりしているようでもあった。

(ひょっとして……。)

その美春《みはる》のようすに、さくらはぴんときた。

「美春《みはる》ちゃんの好《す》きな男《おとこ》の子《こ》って、もしかして、小谷《こたに》くん？」

言《い》ったとたん、美春《みはる》の顔《かお》がみるみる赤《あか》くなった。

「やっ、ちょっ、まっ、なに、言《い》って……。」

しどろもどろな美春《みはる》に、さくらは自分《じぶん》の推測《すいそく》があたっていたことを確信《かくしん》した。

「そーなのかー。えへへ、心配《しんぱい》しないで。だれにも言《い》わないから。でも、みーやんが血液《けつえき》型《がた》とか聞《き》きだしてくれたら、占《うらな》いできたのに、ざんねんだったね。」

深呼吸《しんこきゅう》して、息《いき》をととのえ、美春《みはる》は冷静《れいせい》さを取《と》りもどそうとする。

「なんでバレたんや……？　さくらちゃん……、さすが占《うらな》い少女《しょうじょ》やね。それも、霊感《れいかん》のなせるわざ？」

にっこり笑《わら》って、さくらは「まあね。」と答《こた》えた。

（っていうか、見《み》た目《め》でバレバレだったんだけど。美春《みはる》ちゃんって、クールに見《み》えて、意《い》外《がい》と照《て》れやで、かわいいなあ。ＡＢ型《エービーがた》って、おもしろーい。）

そんなふうに思《おも》って、にこにこしていたさくらは、ふいに背中《せなか》に視線《しせん》を感《かん》じた。

ふりかえると、ひとりの女子《じょし》がきびしい目《め》で、さくらのほうをじっと見《み》ていた。

（あの子《こ》、名前《なまえ》はなんだっけ？　私《わたし》のこと、にらんでる？　そんなことないよね。まだ話《はな》したこともない子《こ》だし、にらまれるようなおぼえ、ないもん……。）

さくらがふりむいたのに気《き》づくと、その子《こ》はすぐに、ふんっと顔《かお》をそむけた。真《ま》っ黒《くろ》のおかっぱの髪《かみ》が、かたのあたりで、さらさらとゆれた。

（気《き》のせい……だったのかな？）

さくらはまた美春《みはる》のほうをむいたけれど、背中《せなか》にはチクチクと見《み》られているような気配《けはい》を感《かん》じていた。


六時間目《じかんめ》が終《お》わったあと、さくらは教科書《きょうかしょ》をランドセルにしまったが、占《うらな》いの本《ほん》とタロットはつくえの中《なか》に入《い》れておいた。

（今日《きょう》は萌美《もえみ》ちゃんを占《うらな》う予定《よてい》になってるんだよね。みーやんが集《あつ》めた男《おとこ》の子《こ》たちのデータの中《なか》に、萌美《もえみ》ちゃんの好《す》きな子《こ》の情報《じょうほう》もあったみたいだから、くわしく占《うらな》えそうだな。）

ぼんやりとそんなことを考《かんが》えていると、帰《かえ》りの会《かい》がはじまった。

「みなさん、なにか、意見《いけん》はありませんか？」

司会《しかい》の梅乃《うめの》の言葉《ことば》に、ひとりの女子《じょし》が手《て》をあげる。

「では、阿倍野《あべの》いよさん、どうぞ。」

立《た》ちあがったのは、お昼休《ひるやす》みにさくらのことを見《み》ていたあの女《おんな》の子《こ》だった。

「はい！　最近《さいきん》、放課後《ほうかご》に授業《じゅぎょう》が終《お》わったのにずっと教室《きょうしつ》に残《のこ》っていて、占《うらな》いとかいうアホみたいなことをしてる人《ひと》がいます！」

はきはきとした声《こえ》でそう言《い》われ、さくらは心臓《しんぞう》がぎゅっと、しめつけられるような気《き》がした。

（この声《こえ》って、あのときの……。）

いよの声《こえ》は、いつか、さくらの後《うし》ろで「占《うらな》いなんて、バカみたい。」とつぶやいた人物《じんぶつ》と、同《おな》じように思《おも》えた。

おどろいて目《め》を大《おお》きくしているさくらをちらりと見《み》て、いよはきっぱりと言《い》う。

「占《うらな》いなんかしてる人《ひと》は、すぐにやめてほしいです！」

直接《ちょくせつ》は言《い》わなかったが、それがさくらのことだというのは、だれが聞《き》いても明《あき》らかだった。

クラスじゅうの注目《ちゅうもく》がさくらに集《あつ》まる。

思《おも》いがけない意見《いけん》に、さくらはなにも言《い》えなかった。

うつむいているさくらの代《か》わりに、みやびが立《た》ちあがった。

「放課後《ほうかご》になにをやろうと、そんなん自由《じゆう》やん！　占《うらな》いで、いよちゃんに、めいわくかけたんか？」

すると、ほかの女子《じょし》たちも口々《くちぐち》に「そうや、そうや。」「人《ひと》の勝手《かって》や。」と言《い》った。

「でも……、でも……、占《うらな》いなんかインチキやもん！　それに、学校《がっこう》に勉強《べんきょう》と関係《かんけい》のないものを持《も》ってきたらあかんと思《おも》います！　そうやろ？　先生《せんせい》！」

いよの声《こえ》に、窓際《まどぎわ》で青空《あおぞら》をながめていた新庄先生《しんじょうせんせい》は、ゆっくりと教室《きょうしつ》のほうを見《み》た。

「そやなあ、阿倍野《あべの》、うちのクラス目標《もくひょう》はなんや？」

黒板《こくばん》の上《うえ》のかべに、はりつけられた紙《かみ》を見《み》て、いよは答《こた》える。

「『男女仲良《だんじょなかよ》く』と『話《はな》しあいで解決《かいけつ》しよう』です。」

「そや、もう六年《ねん》やねんから、先生《せんせい》が没収《ぼっしゅう》とか禁止《きんし》するんやなく、自主性《じしゅせい》を重《おも》んじたいところや。そういうわけで、ここは意見《いけん》を出《だ》しあって、みんなで決《き》めることにしよか。」

いよは、くやしそうに、くちびるをかんだ。

その横《よこ》では、みやびが明《あか》るい声《こえ》をあげる。

「いえーい、新庄《しんじょう》せんせー、話《はなし》わかるなあ。さんせー。」

新庄先生《しんじょうせんせい》の言葉《ことば》を聞《き》いて、黒板《こくばん》の前《まえ》の梅乃《うめの》は無表情《むひょうじょう》のまま、白《しろ》いチョークで『今日《きょう》の帰《かえ》りの会《かい》のテーマ　放課後《ほうかご》に教室《きょうしつ》で占《うらな》いをやってもいいか』と書《か》いた。

(どうしよう……。せっかく、占《うらな》いのおかげで、友《とも》だちもできて、うまくやれてたのに。こんなことになるなんて……。)

おろおろして、さくらは司会《しかい》の梅乃《うめの》を見《み》つめる。

「ではまず、阿倍野《あべの》さん、占《うらな》いをやめてほしい理由《りゆう》を言《い》ってください。」

いすをガタンッと鳴《な》らして、いよは立《た》ちあがった。

「占《うらな》いを信《しん》じる人《ひと》は、自分《じぶん》の頭《あたま》で考《かんが》えることができないバカだと思《おも》います。」

それを聞《き》いて、さくらの頭《あたま》にカッと血《ち》がのぼった。いかりからか、はずかしさからか、顔《かお》が熱《あつ》くなる。

「なんで、そんなん言《い》いきれるんよ!」

「そうや、さくりゃんの占《うらな》いは、めっちゃあたるねんで!」

美春《みはる》とみやびが、同時《どうじ》にさけんだ。

「占《うらな》いがあたると思《おも》ってる人《ひと》は、だまされてるだけです。」

ふたりを見《み》て、いよは冷《ひ》ややかに言《い》う。

「星座占《せいざうらな》いとか、血液型占《けつえきがたうらな》いは、だれにもあてはまるようなことを書《か》いてあるから、あたってるような気《き》がするだけです。」

それを聞《き》いて、みやびもいきおいよく立《た》ちあがった。

「そんなことないわ！　占《うらな》いって、長年《ながねん》の統計《とうけい》の結果《けっか》やから、あたるって聞《き》いたことあるもん。それに、血液型占《けつえきがたうらな》いは、実験《じっけん》とかして調《しら》べてるから、科学的《かがくてき》やもん。」

「科学的《かがくてき》やって？　統計《とうけい》やって？　バカバカしすぎるわ。占《うらな》いの根拠《こんきょ》やっていう統計《とうけい》は、大昔《おおむかし》のもので、ちゃんとした実験《じっけん》のデータとちゃいます！　血液型《けつえきがた》で性格《せいかく》が決《き》まるなんて、科学的《かがくてき》には、証明《しょうめい》されていません。」

いよはフンッと鼻《はな》で笑《わら》う。

「はっきり言《い》って、性格《せいかく》なんてものは、あいまいで、自分《じぶん》でもよくわからないものなんです。たとえば、占《うらな》いの本《ほん》にA型《エーがた》はまじめな性格《せいかく》って書《か》いてあったら、ラベルをはられることで、A型《エーがた》のところを読《よ》んだ子《こ》は、ああ、自分《じぶん》はそうやなあって思《おも》って、あたってるように感《かん》じます。でも、よく考《かんが》えたら、多《おお》くの人《ひと》はだいたい、まじめやと思《おも》います。だって、みんな、まじめに学校《がっこう》に来《き》て、まじめに帰《かえ》りの会《かい》に参加《さんか》してるじゃないですか？　同《おな》じように、わがままとか、自己中心的《じこちゅうしんてき》って書《か》かれてたとしても、人間《にんげん》ってだれだって自分《じぶん》が大《たい》切《せつ》やし、ほとんどの人《ひと》にわがままなところがあるはずです。」

すらすらと話《はな》すいよに、みやびも口《くち》をはさむことができなかった。

「ぎゃくに、同《おな》じ人《ひと》でも、いつもは大《おお》ざっぱやけど、プラモデルを作《つく》るときだけは神経質《しんけいしつ》だったり、団体行動《だんたいこうどう》は苦手《にがて》やけど、ひとりきりはさみしいとか、いろんな気持《きも》ちがあると思《おも》います。人間《にんげん》の性格《せいかく》はふくざつなんやから、たった四つのタイプで分《わ》けようなんて、アホみたいで、無意味《むいみ》です。」

みやびがものすごい目《め》つきでにらんでいたが、いよは気《き》にせず、話《はなし》をつづける。

「ためしに、自分《じぶん》の血液型《けつえきがた》じゃないところの性格《せいかく》を読《よ》んでみても、あたってると思《おも》うことがいくつかあるはずです。でも、基本的《きほんてき》に占《うらな》いって、自分《じぶん》のところしか気《き》にしないから、だれにでもあてはまる特徴《とくちょう》が、まるで自分《じぶん》のことを言《い》われてるような気《き》になるだけなんです。つまり、だまされてるんです。」

みやびはなかなか口《くち》をはさめず、あきらめたように、どすんっと席《せき》についた。

「占《うらな》いがインチキやっていう証拠《しょうこ》は、もうひとつ、あります。大地《だいち》くんと大洋《たいよう》くんと大気《たいき》くんです。」

いよに名《な》をよばれ、三人《にん》は同《おな》じように「え？　おれ？」「ぼく？」「おいら？」と自分《じぶん》を指《ゆび》さした。

「そう、三人《にん》の将来《しょうらい》の夢《ゆめ》は、なんですか？」

とつぜんの質問《しつもん》だったが、大気《たいき》たちは答《こた》える。

「おれ、サッカー選手《せんしゅ》になる。」

「ぼくは、公務員《こうむいん》。」

「そやったら、おいら、世界一周《せかいいっしゅう》！」

その答《こた》えを聞《き》いて、いよは軽《かる》くうなずいた。

「大気《たいき》くんたちは、三《み》つ子《ご》やから、生年月日《せいねんがっぴ》も同《おな》じだし、血液型《けつえきがた》も同《おな》じやと聞《き》いたことあります。でも、三人《にん》の夢《ゆめ》は、べつべつです。性格《せいかく》も、ぜんぜんちゃうと思《おも》います。星座《せいざ》や血液型《けつえきがた》で運命《うんめい》が決《き》まってるっていうんやったら、大地《だいち》くんたちはまったく同《おな》じ人生《じんせい》を歩《ある》

くってことになるけど、そんなわけないです。つまり、星座《せいざ》や血液型《けつえきがた》なんて、意味《いみ》ないってことです。」

にっこりと、うすいくちびるに笑《え》みをうかべて、いよは言《い》いおわった。

いよの理路整然《りろせいぜん》とした説明《せつめい》に、教室《きょうしつ》のあちこちから「あー、たしかに。」「言《い》われてみれば、そうやなあ。」とつぶやくのが聞《き》こえた。

（どうしよう……、どうしよう……、どうしよう……。）

いよの声《こえ》を聞《き》きながら、さくらはただひたすら、あせっていた。

占《うらな》いについて批判《ひはん》されると、自分《じぶん》のことがせめられているような気《き》がして、胃《い》がキリキリといたむ。

せっかく占《うらな》いで、クラスの子《こ》たちと仲良《なかよ》くなれていたのに、いよに説得《せっとく》されて、ほかの子《こ》たちの心《こころ》がはなれていくのは、たえられない。けれども、さくらにはどうすればいいのか、まったく頭《あたま》にうかばなかった。

「佐々木《ささき》さん、反論《はんろん》があればどうぞ。それとも、負《ま》けをみとめる？　もう占《うらな》いをやらない？」

勝《か》ちほこったような顔《かお》で、いよは言《い》った。

名前《なまえ》をあげられて、さくらはしかたなく、立《た》ちあがる。

「え……、ええええっと、えっと、えっと、私《わたし》は……。」

なにか言《い》いたいのに、うまく言葉《ことば》にできない。のどのおくで、つかえたように、声《こえ》が出《で》なくて、苦《くる》しくて、さくらはうつむいた。

なみだがこぼれそうになったとき、みやびの声《こえ》がひびいた。

「ちょー待《ま》ってや！　ひきょうやで！　いよちゃんは、前《まえ》から言《い》うことを用意《ようい》してたみたいやけど、こっちはいきなり意見《いけん》されてんから、そんなすぐに、反論《はんろん》なんかできへん。」

みやびが助《たす》けてくれたことがうれしくて、さくらは胸《むね》が熱《あつ》くなった。

そのとき、下校時間《げこうじかん》を知《し》らせる放送《ほうそう》が流《なが》れた。

「お、もう、こんな時間《じかん》か。」

新庄先生《しんじょうせんせい》はねむそうな目《め》で、かべにかかっている時計《とけい》を見《み》あげる。

「ほなら、つづきは明日《あした》やな。ひさびさにおもろいテーマで、もりあがりそうやないか。」

さくらはへなへなとくずおれるようにして、自分《じぶん》の席《せき》にすわりこんだ。

帰《かえ》りのあいさつをしたあとも、さくらはしばらく、自分《じぶん》の席《せき》から立《た》ちあがることができなかった。

萌美《もえみ》がさくらの席《せき》に近《ちか》づいてきた。

その顔《かお》には、がっかりした表情《ひょうじょう》がうかんでいる。

「あーあ、ざんねんや。せっかく、今日《きょう》の放課後《ほうかご》は、さくらちゃんに占《うらな》ってもらおうと思《おも》って、楽《たの》しみにしとったのに。」

「ごめんね。」

さくらがあやまると、萌美《もえみ》はあわてて、ぶんぶんと手《て》をふった。

「ううん、ええよ、ええよ。さくらちゃんのせいちゃうし。帰《かえ》りの会《かい》であんなこと言《い》われたら、しゃーないって。」

「ほんまや！　だれかさんのせいやな！」

みやびがこれみよがしに、大声《おおごえ》で言《い》って、いよのほうを見《み》た。

その声《こえ》に、いよはふりむく。

そして、つかつかと歩《ある》いて、さくらのほうにやってきた。

「な……なによ？」

「なんなん？　なんかもんくあんの？」

警戒《けいかい》する萌美《もえみ》とみやびには目《め》もくれず、いよはさくらに言《い》う。

「佐々木《ささき》さん、転校《てんこう》してきたばっかりやのに、ごめんね！　佐々木《ささき》さんを個人攻撃《こじんこうげき》するつもりはないねん。でも、あたし、佐々木《ささき》さんが占《うらな》いをやめへんのやったら、徹底的《てっていてき》にたたかうから！」

いよは一方的《いっぽうてき》に言《い》うと、くるりと背《せ》をむけて、さっていった。

「なんや、あれ……。さくりゃん、いよちゃんに、きらわれるようなこと、したん？」

みやびの言葉《ことば》に、さくらはとまどう。

「えぇっ、そんなこと……ないと思《おも》うけど……。」

「もとから気《き》の強《つよ》い子《こ》やとは思《おも》ってたけど、あんな言《い》い方《かた》せんでもなあ……。」

ため息《いき》をついた美春《みはる》の横《よこ》で、もじもじしながら、萌美《もえみ》は上目《うわめ》づかいで、さくらを見《み》た。

「あのさー、さくらちゃん、今度《こんど》、うちに遊《あそ》びに来《こ》うへん？　そんで、うちで占《うらな》いやってくれたら、うれしいんやけど。」

萌美《もえみ》が言《い》うと、美春《みはる》もうなずいた。

「そやな、これからは学校《がっこう》じゃなくて、家《いえ》とかで、占《うらな》いやったほうがええかもな。それやったら、いよちゃんにかって、もんくは言《い》われへんやろ。」

だが、みやびは顔《かお》をしかめる。

「なに言《い》うてん！　そんなことしたら、いよちゃんの思《おも》うつぼやん！　負《ま》けをみとめるってことやで！　ぜったいにあかんって！」

「でも、いちばん重要《じゅうよう》なんは、さくらちゃんの気持《きも》ちやろ？　さくらちゃんがどうしたいか、やんか。なあ、さくらちゃん？」

美春《みはる》に顔《かお》をのぞきこまれて、さくらは返事《へんじ》にこまった。

(討論《とうろん》とか、言《い》い争《あらそ》いなんか、したくない……。どうしても占《うらな》いをやりたいってわけじゃない。もともと、クラスの子《こ》と仲良《なかよ》くなりたくて、はじめたことで、話題作《わだいづく》りみたいなものだったんだもん。だから、反対《はんたい》されて、悪《わる》く言《い》われて、きらわれるくらいなら、やめちゃってもいい……。)

さくらが答《こた》えないでいると、みやびが横《よこ》から口《くち》を出《だ》した。

「いよちゃんのおうぼう、ゆるされへんわ。あたしらが、さくりゃんのこと、おうえんしたるからな！　負《ま》けたらあかんで！　多数決《たすうけつ》やったら、ぜったいに勝《か》てるって！」

その言葉《ことば》に、さくらの心《こころ》はゆれる。

（みーやんがそう言《い》うなら……。そうだ、ここでかんたんにあきらめちゃったら、おうえんしてくれるっていう、みーやんに悪《わる》い。）

そう思《おも》って、さくらは顔《かお》をあげた。

「うん、がんばってみる。私《わたし》……、みんなをしあわせにするために、占《うらな》いをしてあげたいもん。」

「そうや、さくりゃん、その意気《いき》や！」

さくらを力《ちから》づけるように、みやびはガッツポーズを作《つく》った。

5 水晶《すいしょう》のペンダント

家《いえ》に帰《かえ》ったさくらは、電気《でんき》もつけないまま、ベッドにつっぷした。

(今日《きょう》は、最悪《さいあく》の日《ひ》だったな……。阿倍野《あべの》さん、ひどい……。私《わたし》、なにも悪《わる》いことなんてしてないのに。はあー、こまったなあ……。)

帰《かえ》りの会《かい》で、クラスのみんなの前《まえ》で非難《ひなん》されたことを思《おも》いかえす。すると、今《いま》さらのように、さくらの胸《むね》には、いかりがふつふつとわいてきた。

(そうだ！　最初《さいしょ》に占《うらな》ってもらったときに、敵《てき》があらわれるって、占《うらな》い師《し》さんが言《い》ってた！　それって、阿倍野《あべの》さんのことだったんだ！)

ハッと気《き》づいて、さくらは起《お》きあがる。

そして、ランドセルから、自分《じぶん》のタロットを取《と》り出《だ》して、占《うらな》ってみようとした。

だが、手《て》の中《なか》のタロットが、みょうに重《おも》く感《かん》じられた。

(こんな気持《きも》ちじゃ、集中《しゅうちゅう》できない。自分《じぶん》じゃ、占《うらな》えないな……。もう一回《かい》、占《うらな》い師《し》さんにみてもらいに行《い》こう!)

貯金箱《ちょきんばこ》に入《い》れてあったお年玉《としだま》の残《のこ》りは、一万円《まんえん》だった。そのお金《かね》を全部《ぜんぶ》さいふに入《い》れて、占《うらな》いの館《やかた》へとむかった。


館《やかた》の入《い》り口《ぐち》をくぐって、プリンセス・ひみこの部屋《へや》に進《すす》もうとすると、とびらがしまっていた。金色《きんいろ》のごうかなノブがついた木製《もくせい》のとびらには、「鑑定中《かんていちゅう》」と書《か》かれた札《ふだ》がかかっている。

立《た》ちどまったさくらに、売店《ばいてん》にいたおばさんが声《こえ》をかけた。

「ひみこ先生《せんせい》は、今《いま》、ほかのお客《きゃく》さんを占《うらな》ってるところなのよ。もう少《すこ》しで終《お》わると思《おも》うから、ここで待《ま》っててくれるかしら?」

「あ、はい、わかりました。」

うなずいて、さくらは待合室《まちあいしつ》のソファにこしかける。

「あなた、中学生《ちゅうがくせい》？」

おばさんは水晶《すいしょう》やタロットやアクセサリーを展示《てんじ》してあるカウンターの中《なか》から、話《はな》しかけてくる。

「えっと……、小《しょう》六です。」

「そう、若《わか》いわねえ。ひとりで来《き》たの？」

「はい、そうです。」

「まあ、しっかりしてるのねえ。たまに、あなたくらいの年《とし》の子《こ》も来《く》るけれど、たいていはお母《かあ》さんに連《つ》れられてるわよ。」

さくらは返事《へんじ》の代《か》わりに、あいまいに笑《わら》っていた。

会話《かいわ》がとぎれると、おばさんはカウンターから出《で》て、さくらに近《ちか》づいてきた。

「ひみこ先生《せんせい》の占《うらな》いは、はじめて？」

「いえ、このあいだも、みてもらって……。」

「あたるでしょ？　ひみこ先生《せんせい》のパワーはすごいって、評判《ひょうばん》だからね。ここだけの話《はなし》、ひみこ先生《せんせい》のお客《きゃく》さんには、芸能人《げいのうじん》とか政治家《せいじか》もいるのよ。」

声《こえ》をひそめ、おばさんはさくらの耳元《みみもと》で言《い》う。となりにすわったおばさんからは、きつい香水《こうすい》と化粧品《けしょうひん》のにおいがただよった。

「私《わたし》の見《み》たところ、あなたにはえらばれた人間《にんげん》だけにあるすばらしいパワーがあるわ。」

「え、ほんとうですか……？」

「ええ、まちがいないわ！　けれども、そのパワーは、今《いま》はまだ、体《からだ》のおくそこにねむっているのよ。そのせいで、あなたの身《み》には、トラブルがおそいかかってくるのね。心《こころ》あたりがあるでしょう？」

さくらの頭《あたま》に、いよのことが思《おも》いうかぶ。

「はい、あります……。」

「そこでね、教《おし》えてあげたいものがあるの！」

そう言《い》って、おばさんは手《て》を開《ひら》いてみせた。

そこには、無色透明《むしょくとうめい》で丸《まる》い水晶《すいしょう》のついたペンダントがあった。

「きれいでしょう？　ながめているだけで、心《こころ》がほっとして、いやされる気《き》がしない？　これは、持《も》ち主《ぬし》のひめられたパワーをひきだす効果《こうか》がある水晶《すいしょう》なのよ。」

水《みず》のようにすきとおった水晶《すいしょう》に、さくらの目《め》はくぎづけになった。

(きれい……。神秘的《しんぴてき》なかがやきで、すいこまれそう……。)

「あなた、何年《なんねん》の何月何日生《なんがつなんにちう》まれ?」

さくらは顔《かお》をあげ、答《こた》える。それを聞《き》いて、おばさんは表《ひょう》のようなものを見《み》た。

「それなら、生《う》まれた日《ひ》は、日曜日《にちようび》ね。」

そして、おばさんはおどろいたように、大《おお》きな声《こえ》を出《だ》す。

「まあ! あなたの守護天使《しゅごてんし》は、ミカエルだわ! この透明水晶《とうめいすいしょう》にもね、ミカエルという名前《なまえ》がついているのよ! 自信《じしん》と勇気《ゆうき》をあたえ、幸運《こううん》をよびこむ力《ちから》をもつ天使《てんし》よ! きっとあなたを守《まも》ってくれるわ!」

言《い》いながら、さくらの手《て》をとって、水晶《すいしょう》をにぎらせる。

「にぎっているうちに、だんだん水晶《すいしょう》があたたかくなってきたでしょう? 水晶《すいしょう》のスピリチュアルなエネルギーがあなたに流《なが》れている証拠《しょうこ》よ。」

丸《まる》い水晶《すいしょう》は、つるつるとして手《て》ざわりがよく、手《て》のひらに心地《ここち》よい感覚《かんかく》が伝《つた》わった。

さくらは頭《あたま》の中《なか》で、水晶《すいしょう》のエネルギーが自分《じぶん》に流《なが》れてくるようすをイメージする。

（水晶《すいしょう》の力《ちから》で、パワーを高《たか》めたい……。阿倍野《あべの》さんに、負《ま》けないように！）

ぐっと思《おも》いをこめると、手《て》のひらが熱《あつ》くなったような気《き》がした。

「どう？　水晶《すいしょう》のエネルギー、感《かん》じるでしょう？」

じっと目《め》をのぞきこんできたおばさんに、さくらはうなずく。

「それはよかったわ！　石《いし》とは相性《あいしょう》があるからね。この石《いし》はあなたをよんでいるのね。ぜひ、連《つ》れて帰《かえ》ってあげて。石《いし》は縁《えん》のある人《ひと》のところに、あるべきなのよ！」

さくらも、その水晶《すいしょう》から手《て》をはなしたくなくなっていた。

（エネルギーが流《なが》れてくるの、わかる……。すごくほしい。でも、水晶《すいしょう》とかって、高《たか》いんだろうな。）

そう思《おも》いながら、もう一度《いちど》、水晶《すいしょう》のペンダントを見《み》る。銀色《ぎんいろ》のくさりには、値札《ねふだ》がついていた。

そこには『魔《ま》よけ・開運《かいうん》・魂《たましい》の浄化《じょうか》！　奇跡《きせき》のパワーをもつスピリチュアル・クリスタル・ペンダント！　税込《ぜいこ》み七千円《えん》！』と書《か》かれていた。

（七千円《えん》だ……。よかった。今《いま》、持《も》ってるお金《かね》で、はらえる……。）

さくらが値札《ねふだ》を見《み》ていると、おばさんは声《こえ》をひそめてないしょ話《ばなし》をするように言《い》った。

「これ、最後《さいご》のひとつなの。もし、今日《きょう》、買《か》えるなら、あなたはほんと、ラッキーよ。」

そんなふうに言《い》われると、ますますほしくなる。

おばさんの話《はなし》を聞《き》いていると、おくの部屋《へや》のとびらが開《ひら》いて、女《おんな》の人《ひと》が出《で》ていった。

「ああ、ひみこ先生《せんせい》の鑑定《かんてい》が終《お》わったみたいね。」

さくらは水晶《すいしょう》のペンダントをにぎったまま、立《た》ちあがる。

「そのスピリチュアル・クリスタル・ペンダント、買《か》うのなら、ここで先《さき》にしはらってね。七千円《えん》になります。」

さくらはさいふを取《と》り出《だ》して、おばさんに言《い》われるままに、代金《だいきん》をしはらった。


部屋《へや》に入《はい》ると、プリンセス・ひみこはさくらの顔《かお》を見《み》て、ほほえむように目《め》を細《ほそ》めた。

「あら、自分《じぶん》で占《うらな》えるようになったから、もう来《こ》ないかと思《おも》っていたわ。」

「自分《じぶん》ではまだうまくできないから、先生《せんせい》に、くわしく占《うらな》ってもらおうと思《おも》って……。」

さくらはプリンセス・ひみこの正面《しょうめん》にすわると、帰《かえ》りの会《かい》のことを一気《いっき》に話《はな》した。

「それで、その女《おんな》の子《こ》は、私《わたし》が放課後《ほうかご》に占《うらな》いをするのをやめろって言《い》うんです。でも、友《とも》だちは、そんな反対《はんたい》に負《ま》けちゃダメだ、って言《い》って……。だから、帰《かえ》りの会《かい》では、その女《おんな》の子《こ》と、意見《いけん》をたたかわせることになりそうなんです。最後《さいご》は、クラスの全員《ぜんいん》で、多数決《たすうけつ》になりそうなんですけど……。どうしたらいいと思《おも》いますか？」

「なかなか、むずかしい問題《もんだい》ね。でも、問題《もんだい》がはっきりしてるから、解決《かいけつ》への道《みち》もみつけやすそうよ。」

プリンセス・ひみこは、すばやい手《て》つきで、カードをシャッフルして、ならべて、次々《つぎつぎ》にめくった。

「知性《ちせい》の高《たか》い男性《だんせい》の助言《じょげん》を得《え》よ、と出《で》てるわね。広《ひろ》い視点《してん》でものごとを考《かんが》え、あせらず、人《ひと》の意見《いけん》に耳《みみ》をかたむけること。そうすれば『運命《うんめい》の輪《わ》』の正位置《せいいち》だから、このトラブルをチャンスに変《か》えることができる。あなたは今《いま》、幸運《こううん》の流《なが》れの中《なか》にいるから、これはピンチではなく、むしろチャンスなのよ。」

プリンセス・ひみこの言葉《ことば》を聞《き》いて、さくらは心《こころ》がすっきりしていくのを感《かん》じた。

（やっぱり、ひみこ先生《せんせい》はすごい。話《はなし》を聞《き》いてるだけで、不安《ふあん》が消《き》えて、もやもやしてたのが、すーっと楽《らく》になった。)

ピンチではなくチャンスだと言《い》われ、さくらは積極的《せっきょくてき》な気持《きも》ちになる。

「その男《おとこ》の人《ひと》って、だれなんでしょう？　担任《たんにん》の先生《せんせい》のことですか？」

さくらの質問《しつもん》に、プリンセス・ひみこは少《すこ》し考《かんが》えた。

「そうねえ、あなたに助《たす》けの手《て》をさしのべてくれるのは、『法王《ほうおう》』でもあり、『愚者《ぐしゃ》』でもある存在《そんざい》みたい。つまり、そのものごとの専門外《せんもんがい》で、くわしくないけれど、無知《むち》ゆえに、自由《じゆう》な考《かんが》えで、するどい指摘《してき》ができるのよ。」

それを聞《き》いて、さくらはピンとひらめいた。

(それって、小谷秀治《こたにしゅうじ》くんのことだ！)

最後《さいご》のカードを見《み》て、プリンセス・ひみこはわずかにまゆをひそめた。

「ただね、気《き》になるのは『恋人《こいびと》』の逆位置《ぎゃくいち》が出《で》てることね。争《あらそ》いによる決別《けつべつ》、予期《よき》せぬ問題《もんだい》や心変《こころが》わり……。これが解決《かいけつ》しても、すっかり平和《へいわ》がおとずれるとは言《い》えないようね。」

顔《かお》をあげたプリンセス・ひみこは、さくらの目《め》を見《み》つめて、明《あか》るい声《こえ》を出《だ》す。

「それでも、全体《ぜんたい》をみると、運命《うんめい》の転機《てんき》で、よい流《なが》れの中《なか》にいることには変《か》わりないわ。

やはり、ここはトラブルからにげないで、立《た》ちむかっていくべきよ！」

アドバイスをもらったさくらの胸《むね》には、自信《じしん》がわいてきた。

「ありがとうございました！　私《わたし》、やる気《き》が出《で》てきました。最初《さいしょ》は、みんなの前《まえ》で意見《いけん》を言《い》ったりするの、苦手《にがて》だし、いやだなあ……って思《おも》ってたんです。でも、これは、自分《じぶん》が変《か》わるためのチャンスだと思《おも》って、やってみます！」

「そうそう、がんばって！　私《わたし》もおうえんしてるわ。うまくいくように、パワーを分《わ》けてあげる。」

プリンセス・ひみこはそう言《い》うと、さくらにむかって、ゆらゆらと手《て》をのばして、なにかをおくる動作《どうさ》をした。

6 帰《かえ》りの会《かい》

次《つぎ》の日《ひ》、さくらは水晶《すいしょう》のペンダントをつけて、学校《がっこう》に行《い》った。

教室《きょうしつ》に入《はい》ると、美春《みはる》とみやびが声《こえ》をかけてきた。

「おはよー、さくらちゃん。あ、そのペンダント、かわいいね。」

「えへへ、ありがとう。美春《みはる》ちゃんの髪型《かみがた》も、かわいい！」

「それより、さくりゃん！ 今日《きょう》の帰《かえ》りの会《かい》で言《い》うこと、考《かんが》えてきた？」

「ううん、あんまり……。でもね、占《うらな》いによると頭《あたま》のいい男《おとこ》の子《こ》にアドバイスをもらうことで、ピンチをチャンスに変《か》えられるみたい。」

ちらりと秀治《しゅうじ》の後《うし》ろすがたを見《み》ながら、さくらは言《い》った。

みやびもそちらに目《め》をむける。

「頭《あたま》のええ子《こ》か……。そやったら、秀治《しゅうじ》くんに聞《き》いてみよか。」

「え、ちょ……、待《ま》って……、みーやん！」

美春《みはる》が止《と》める間《ま》もなく、みやびは秀治《しゅうじ》を連《つ》れてきた。

「このぼくに、知恵《ちえ》をかしてほしいというのだな。いいだろう。」

美春《みはる》は秀治《しゅうじ》と顔《かお》をあわせないよう、うつむいて、ほおを赤《あか》くしている。

「そうなの。きのうの阿倍野《あべの》さん、すごく占《うらな》いにくわしかったし、説得力《せっとくりょく》のある意見《いけん》を言《い》ってたから、それに反論《はんろん》するにはどうしたらいいか、わからなくて……。」

心細《こころぼそ》げに言《い》ったさくらに、秀治《しゅうじ》は表情《ひょうじょう》を変《か》えず答《こた》えた。

「答《こた》えはかんたんだ。反論《はんろん》など、しなければいい。」

「えー、どういうことなん？　占《うらな》いはインチキちゃうって、反論《はんろん》せえへんかったら、みんなを説得《せっとく》できへんやん。」

「そんなことはない。問題《もんだい》になっているのは、占《うらな》いがインチキかどうかではなく、放課後《ほうかご》に占《うらな》いをしてもよいか、ということだろう？　阿倍野《あべの》いよは、占《うらな》いを否定《ひてい》しようとするあまり、論点《ろんてん》がずれてしまっているんだ。」

ぐいっとメガネをおしあげて、秀治《しゅうじ》は言葉《ことば》をつづける。

「いくら、阿倍野《あべの》いよが占《うらな》いがインチキだと主張《しゅちょう》したところで、占《うらな》いをやめさせるための理由《りゆう》には、ならない。たとえ、占《うらな》いがあたっていると思《おも》うのが、心理学《しんりがく》を使《つか》った錯覚《さっかく》で、だまされているのだとしても、当事者《とうじしゃ》たちが楽《たの》しんでやっているのなら、他人《たにん》が口《くち》を出《だ》す問題《もんだい》ではないからな。」

「そうか！　あたしが言《い》うたとおり、人《ひと》の勝手《かって》やん、だれにもめいわくかけてへんねんからええやん、ほっといて、ってことやな。」

みやびをちらりと見《み》て、秀治《しゅうじ》はうなずいた。

「そうだ。あたる、あたらないという議論《ぎろん》では、水《みず》かけ論《ろん》になってしまう。それよりも、クラスメイトたちに、占《うらな》いはおもしろく、役《やく》に立《た》つという点《てん》を主張《しゅちょう》するんだ。そうすれば、多数決《たすうけつ》で勝《か》つ可能性《かのうせい》が高《たか》まるだろう。」

秀治《しゅうじ》の意見《いけん》に、さくらはすっかり感心《かんしん》して、目《め》をまるくしていた。

「小谷《こたに》くんって、ほんとうに天才少年《てんさいしょうねん》なんだねー。すごーい。尊敬《そんけい》するなあ。わかった。占《うらな》いは楽《たの》しいってことを話《はな》せばいいんだね。やってみる。」

「これくらい、考《かんが》えればすぐにわかるだろう？」

ほめられた秀治《しゅうじ》は、照《て》れたように、ほんの少《すこ》しだけ表情《ひょうじょう》をくずした。

そこに、美春《みはる》がうわずった声《こえ》で、話《はな》しかける。

「あ、あああ、あのさ、小谷《こたに》くんの考《かんが》えとしては、占《うらな》いって、どう思《おも》う？」

秀治《しゅうじ》はちらりと美春《みはる》を見《み》て、落《お》ちついた声《こえ》で答《こた》えた。

「将来《しょうらい》が不安《ふあん》で、占《うらな》いによって、先《さき》のことを知《し》りたいと願《ねが》う気持《きも》ちは、理解《りかい》できる。また、今《いま》の自分《じぶん》に不満《ふまん》がある場合《ばあい》に、それを運勢《うんせい》などのせいにすれば、心《こころ》が楽《らく》になるだろう。選択《せんたく》をまよったときにコインを投《な》げるように、決断《けつだん》を占《うらな》いにたよることで、責任《せきにん》の重《おも》荷《に》からのがれることができて便利《べんり》なのだろうとも、想像《そうぞう》することはできる。だが、占《うらな》いというものには、むじゅんがあるように思《おも》うな。」

ずれたメガネの位置《いち》を直《なお》しながら、秀治《しゅうじ》は言《い》う。

「もし、定《さだ》められた運命《うんめい》というものがあり、未来《みらい》はすでに決《き》まっているのなら、それを占《うらな》いで知《し》ったところで、変《か》えることはできないのだから、どうしようもない。」

秀治《しゅうじ》の意見《いけん》に、さくらは顔《かお》をくもらせる。

「占《うらな》いで……悪《わる》い未来《みらい》が現実《げんじつ》にならないようにアドバイスするのも、占《うらな》い師《し》の大切《たいせつ》な役目《やくめ》だよ。」

「しかし、占《うらな》いによって、未来《みらい》の不幸《ふこう》をさけることができるというのなら、運命《うんめい》は定《さだ》まっておらず、へんこうされることになる。すなわち、はじめにした占《うらな》いによる未来《みらい》の予測《よそく》は、はずれるということだ。」

「占《うらな》いっていっても、かんぺきに未来《みらい》がわかるわけじゃないから……。」

「だろう？　ぼくはそんなあやふやなものを参考《さんこう》にして、自分《じぶん》の行動《こうどう》を決《き》めようとは思《おも》わないね。」

さくらはなにも言《い》いかえせない。

「ぼくはテストのとき、えんぴつを転《ころ》がして答《こた》えを決《き》めるよりも、自分《じぶん》の頭《あたま》で考《かんが》えたほうが正解率《せいかいりつ》が高《たか》い。つまり、占《うらな》いよりも、自分《じぶん》の予測《よそく》を信頼《しんらい》するということだ。」

秀治《しゅうじ》は口元《くちもと》に、不敵《ふてき》な笑《え》みをうかべた。

「また、自分《じぶん》の頭《あたま》で問題《もんだい》を考《かんが》えず、すぐに解答《かいとう》を見《み》てしまうくせをつけたら、いつまでたっても学力《がくりょく》アップできないだろうな。」

言《い》うだけ言《い》うと、秀治《しゅうじ》はすたすたと自分《じぶん》の席《せき》へもどっていった。

「はあー、なに、あれ！　たしかに頭《あたま》はええかもしれへんけど、夢《ゆめ》がないよな。ロマンっちゅーもんがわかってへんわ。なあ、美春《みはる》？」

みやびはかたをすくめたが、美春《みはる》はうなずかなかった。


帰《かえ》りの会《かい》のことが気《き》になって、さくらは授業《じゅぎょう》に集中《しゅうちゅう》できなかった。

「それでは、帰《かえ》りの会《かい》をはじめます。」

司会《しかい》の梅乃《うめの》の言葉《ことば》に、さくらの胸《むね》はどきどきと苦《くる》しくなる。

(水晶《すいしょう》のお守《まも》りもあるし、ひみこ先生《せんせい》からパワーを分《わ》けてもらったし、タロットでもいい結果《けっか》が出《で》てたんだから、きっと、だいじょうぶ……。)

自分《じぶん》に言《い》い聞《き》かせるようにして、胸元《むなもと》の水晶《すいしょう》をぎゅっとにぎった。

「今日《きょう》は、きのうのつづきを話《はな》しあいたいと思《おも》います。佐々木《ささき》さん、意見《いけん》をどうぞ。」

梅乃《うめの》に言《い》われて、さくらは立《た》ちあがった。

「えっと、きのう、阿倍野《あべの》さんは占《うらな》いをやめてほしいって言《い》ったけれど、私《わたし》は占《うらな》いをやめたくありません。」

水晶《すいしょう》を持《も》っているという安心感《あんしんかん》のおかげで、さくらは口《くち》ごもらずに話《はな》すことができた。

「占《うらな》いは楽《たの》しいです。たとえば、自分《じぶん》はどんな性格《せいかく》なのかな？　ということが、血液型《けつえきがた》や星座《せいざ》の占《うらな》いをみることでわかります。そうすれば、自分《じぶん》の長所《ちょうしょ》をのばして、人《ひと》からきらわれそうな面《めん》は、気《き》をつけようと思《おも》うことができるのです。」

クラスのみんなは、しんけんな顔《かお》で、さくらの意見《いけん》に耳《みみ》をかたむけている。

さくらはよゆうのある口調《くちょう》で、自信《じしん》ありげに話《はな》した。

「タロット占《うらな》いでは、なやんでいる人《ひと》の問題《もんだい》を解決《かいけつ》するお手伝《てつだ》いができます。カードにはさまざまな意味《いみ》がこめられていて、そこから進《すす》むべき道《みち》をみつけることができます。」

すると、いよが手《て》をあげて、席《せき》を立《た》った。

「はいっ！　タロットなんか、ただの絵《え》のかいてある紙《かみ》にしかすぎません。ぐうぜんめくったカードに、意味《いみ》があると思《おも》いこんで、でっちあげてるだけです。アホみたいです。」

いよの反対意見《はんたいいけん》に、カッと頭《あたま》に血《ち》がのぼりそうになる。だが、さくらは胸元《むなもと》の水晶《すいしょう》をにぎって、念《ねん》じた。

（守護天使《しゅごてんし》ミカエル……、どうか私《わたし》に、力《ちから》をあたえて……。）

そして、心《こころ》を落《お》ちつけ、いよの目《め》を見《み》て、ゆっくりと言《い》う。

「阿倍野《あべの》さんみたいに、信《しん》じてない人《ひと》には意味《いみ》はないかもしれません。でも、私《わたし》は相談《そうだん》してくる人《ひと》には、占《うらな》いでしあわせになれるように、アドバイスしてあげたいと思《おも》っています。」

「で、でも……。」

反論《はんろん》しようとしたいよは、言葉《ことば》につまった。

そこに、みやびがいきおいよく立《た》ちあがる。

「そや、そや！　いよちゃんが占《うらな》いをインチキやと思《おも》って、気《き》にくわへんのやったら、占《うらな》ってもらわへんかったら、ええだけの話《はなし》や。べつにさくりゃんがほかの人《ひと》を占《うらな》うのは、自由《じゆう》やと思《おも》います。」

いよは言《い》いかえせず、うつむく。

みやびは得意《とくい》げに、胸《むね》をそらした。

さくらはだまって、ほほえんでいる。

「私《わたし》も意見《いけん》を言《い》ってもいいでしょうか。」

小《ちい》さく手《て》をあげたのは、司会《しかい》として黒板《こくばん》の前《まえ》に立《た》っていた梅乃《うめの》だった。

「今《いま》まで、占《うらな》いなんてきょうみなかったけれど、私《わたし》は佐々木《ささき》さんのおかげで、占《うらな》いを好《す》きになりました。」

梅乃《うめの》の言葉《ことば》を聞《き》いて、いよはおどろいたように小《ちい》さく息《いき》をのむ。そして、いまいましそうに、顔《かお》をしかめた。

「梅乃《うめの》ちゃんは、占《うらな》いなんか信《しん》じるアホとちゃうと思《おも》ってたのにな……。」

はきすてるように、いよはつぶやく。

梅乃《うめの》は少《すこ》しためらったが、ぼそぼそと言葉《ことば》をつづけた。

「私《わたし》はやぎ座《ざ》です。佐々木《ささき》さんに教《おし》えてもらった占《うらな》いでは、やぎ座《ざ》は努力家《どりょくか》で、夢《ゆめ》にむかってコツコツがんばることができるタイプなんです。私《わたし》、自信《じしん》がなくなるときや、なまけたくなるときに、自分《じぶん》に言《い》い聞《き》かせるんです。私《わたし》はやぎ座《ざ》なんだから、かんたんに、あきらめたりしない。私《わたし》はやぎ座《ざ》なんだから、がんばれる、って。」

顔《かお》をあげて、梅乃《うめの》は教室《きょうしつ》を見《み》わたしながら、言《い》った。

「私《わたし》も前《まえ》は、占《うらな》いをバカにしていました。でも、今《いま》はちがいます。占《うらな》いは、心《こころ》のよりどころになります。背中《せなか》をおしてくれます。いいこと言《い》われると、心《こころ》のささえになるんです。だから、私《わたし》もさくらさんが占《うらな》いをすることに賛成《さんせい》します。」

梅乃《うめの》の顔《かお》をキッとするどい目《め》で見《み》て、いよは立《た》ちあがる。

「でもでもでも！　タロットカードなんか、オモチャみたいなもんやから、学校《がっこう》に持《も》ってきたら、あかんと思《おも》います。勉強《べんきょう》のじゃまになります！」

「たしかに、学校《がっこう》には授業《じゅぎょう》に必要《ひつよう》ないものを持《も》ってこないほうがいいと思《おも》います。でも、雨《あめ》の日《ひ》の休《やす》み時間《じかん》は、トランプを持《も》ってきて遊《あそ》んでもいいことになっています。きちんと、けじめをつけるんやったら、最終下校《さいしゅうげこう》の放送《ほうそう》が流《なが》れるまでの放課後《ほうかご》に、教室《きょうしつ》で占《うらな》いをやることは、なんの問題《もんだい》もないと思《おも》います。」

梅乃《うめの》が言《い》いおわると同時《どうじ》に、さくらは自然《しぜん》と手《て》をたたいていた。

すると、みやびや美春《みはる》や萌美《もえみ》も、パチパチと手《て》をたたく。拍手《はくしゅ》は、クラス全体《ぜんたい》に、広《ひろ》がっていった。

いよだけは、おもしろくなさそうな顔《かお》をして、ひざの上《うえ》で、ぐっとこぶしをにぎっていたが。

「そろそろ、意見《いけん》も出《で》つくしたみたいやな？　ほかにはないか？」

新庄先生《しんじょうせんせい》が黒板《こくばん》の前《まえ》までやってきて、教室《きょうしつ》を見《み》わたす。

だれも手《て》をあげないのをたしかめてから、プリントを八《や》つ切《ぎ》りにした紙《かみ》をくばった。

「ほんなら、投票《とうひょう》をやるでー。くばった用紙《ようし》のうらに、占《うらな》いをやってもええと思《おも》う人《ひと》は○《まる》、やることに反対《はんたい》の人《ひと》は×《ぺけ》を書《か》いてなー。これは無記名投票《むきめいとうひょう》やから、名前《なまえ》は書《か》かんでええからな。」

さくらはラッキーカラーのピンク色《いろ》の蛍光《けいこう》ペンを使《つか》って、小《ちい》さな紙切《かみき》れに○《まる》を書《か》いた。

しばらくすると、空《から》の道具箱《どうぐばこ》を持《も》って、新庄先生《しんじょうせんせい》がつくえのあいだを歩《ある》く。

すでに、投票用紙《とうひょうようし》は、たくさん入《はい》っていた。ていねいに紙《かみ》を折《お》りたたんで、さくらもその箱《はこ》の中《なか》に入《い》れる。

「開票《かいひょう》していくから、クラス委員《いいん》は黒板《こくばん》に書《か》いていってくれるか。」

新庄先生《しんじょうせんせい》が投票用紙《とうひょうようし》の中身《なかみ》を読《よ》みあげるたびに、梅乃《うめの》は黒板《こくばん》に一本《ぽん》ずつ書《か》いて、正《せい》の字《じ》を作《つく》っていった。

さくらはきんちょうしながら、開票《かいひょう》を見守《みまも》る。

黒板《こくばん》の『占《うらな》いをやってもいいと思《おも》う人《ひと》』という文字《もじ》の下《した》には、正《せい》の字《じ》が三つ書《か》かれた。

「○《まる》が十五で、×《ぺけ》が八、白紙《はくし》が二枚《まい》か。」

開票《かいひょう》の結果《けっか》を見《み》て、新庄先生《しんじょうせんせい》が言《い》う。

「ほな、今回《こんかい》は占《うらな》いをやってもええということで、きまりやな。」

こうして、いよの意見《いけん》は否決《ひけつ》された。

帰《かえ》りの会《かい》が終《お》わると、すぐにみやびたちがさくらの席《せき》のまわりにやってきた。

「やったな！　さくりゃん！」

「うんっ、みんなのおかげだよ。ありがとう！　みーやんたちが意見《いけん》を言《い》ってくれて、うれしかった！」

にこにこして、顔《かお》をあげたさくらの目《め》に、いよのすがたが見《み》えた。

腹立《はらだ》ちをあらわすように、ばんっと乱暴《らんぼう》に教室《きょうしつ》のドアを開《あ》けて、いよは出《で》ていった。

その後《うし》ろすがたに、さくらの胸《むね》は、ちくりといたんだ。

美春《みはる》がさくらの視線《しせん》に気《き》づいて、つぶやく。

「いよちゃん、ちょっとかわいそうやね。」

みやびは、フンッと鼻《はな》を鳴《な》らした。

「自分《じぶん》で言《い》いだしたことやねんから、自業自得《じごうじとく》やん。」

だが、思《おも》わず、さくらは立《た》ちあがった。

クラスで孤立《こりつ》して、ひとりきりでいるつらさは、さくらも前《まえ》の学校《がっこう》で経験《けいけん》していたから、だれよりもわかる。

「私《わたし》……、阿倍野《あべの》さんと話《はな》してくる。先《さき》に帰《かえ》ってて。」

「え？　なになに？　さくりゃん、どうしたん？」

あっけにとられているみやびをおいて、さくらは走《はし》りだしていた。

ろうかを曲《ま》がろうとしたところで、いよの声《こえ》が聞《き》こえた。

「せんせー、あたし、まちがっとう？　まちがってへんよな……？　あたしの言《い》うとうことって、正《ただ》しいやんな？　やのに、なんで、みんな、わかってくれへんの……？」

「阿倍野《あべの》は、やり方《かた》がまずかったかもしれんな。」

なぐさめるように、新庄先生《しんじょうせんせい》が言《い》う。

「自分《じぶん》の意見《いけん》をおしつけて、頭《あたま》ごなしに否定《ひてい》しても、人《ひと》の心《こころ》は動《うご》かされへんってことや。

それがいくら、正《ただ》しい意見《いけん》やと思《おも》っててもな。」

「なんで？　なんでなん……？　いやや……、くやしい……、くやしいよお……。」

しゃくりあげるような声《こえ》がもれた。

「ほら、もう泣《な》くなって。多数決《たすうけつ》では支持《しじ》がえられへんかったけども、阿倍野《あべの》が自分《じぶん》の意《い》見《けん》をはっきり言《い》うたのは、りっぱなことやで。えらかったな。」

新庄先生《しんじょうせんせい》のやさしい声《こえ》に、いよはいっそう、すすり泣《な》く。

さくらは胸《むね》がしめつけられた。

（阿倍野《あべの》さんって、きぜんとしてて、強《つよ》そうな子《こ》なのに、泣《な》いちゃってる……。私《わたし》が……

泣《な》かせたんだ。）

その場《ば》で、立《た》ちつくしたまま、動《うご》くことができない。

もし、自分《じぶん》がいよの立場《たちば》なら、泣《な》いているすがたなんて、見《み》られたくないだろう。

（カードのとおりだ。『恋人《こいびと》』の逆位置《ぎゃくいち》、対立《たいりつ》の暗示《あんじ》……。傷《きず》つけあうかなしみ……。あ

のカードには、選択《せんたく》のあやまりや思《おも》いちがいって、意味《いみ》もあったはずだ。これで、よかったのかな……？)

か細《ぼそ》い泣《な》き声《ごえ》に、さっきまでのうれしい気分《きぶん》が、すっかり消《き》えてしまった。

さくらはだまって、そっと立《た》ちさる。

その胸《むね》には、ただただ苦《にが》い思《おも》いだけが広《ひろ》がっていた。

7 ケンカ

帰《かえ》りの会《かい》のおかげで、さくらの占《うらな》いはますます注目《ちゅうもく》されるようになった。

占《うらな》いをやめさせようとしたいよの行動《こうどう》は、結果的《けっかてき》に、さくらの占《うらな》いを広《ひろ》めることとなったのだ。

今日《きょう》も、放課後《ほうかご》になると、さくらのまわりには、女子《じょし》たちが集《あつ》まってきた。

それに対《たい》して、いよのまわりには、だれもいない。

日直《にっちょく》のいよは、水《みず》をかえるため、花《か》びんを手《て》にして、ひとり、教室《きょうしつ》から出《で》ていく。

その後《うし》ろすがたを見《み》ると、さくらの心《こころ》はいたんだ。

(阿倍野《あべの》さん、ひとりぼっちだ……。私《わたし》のせい……かも。)

うつむいたさくらに、美春《みはる》が声《こえ》をかける。

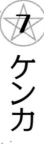

「いよちゃんのこと、気《き》になるん？」

「うん。なんか、かわいそうっていうか……。」

「まあ、いよちゃんにしてみたら、帰《かえ》りの会《かい》で負《ま》けたんで、クラスにだれも味方《みかた》がおらへんみたいな気分《きぶん》やろうな。」

同情《どうじょう》するような口調《くちょう》で、美春《みはる》もうなずく。

さくらと美春《みはる》は、しんみりと、いよの席《せき》をながめる。

すると、みやびが顔《かお》をしかめた。

「ええやん。なに言《い》うてん。帰《かえ》りの会《かい》で勝《か》ったおかげで、こうやって、占《うらな》いができるんやで。」

「そうそう、いよちゃんなんか、ほっといたらええねん。」

しっしっと手《て》で追《お》いはらう動作《どうさ》をして、萌美《もえみ》もうなずく。

「それより、さくらちゃん、このふたりの相性《あいしょう》、占《うらな》って！」

萌美《もえみ》が見《み》せたノートには、カタカナの名前《なまえ》と血液型《けつえきがた》と生年月日《せいねんがっぴ》が書《か》かれていた。

「なに？　萌美《もえみ》ちゃんの好《す》きな人《ひと》？」

のぞきこんできたみやびに、萌美《もえみ》は答《こた》える。

「ううん。これ、あたしのハマってるマンガのキャラクターやねん。先《さき》の展開《てんかい》が気《き》になって気《き》になって、食事《しょくじ》ものどを通《とお》れへんくらいやからな、このふたりの恋愛《れんあい》がうまくいくんか、占《うらな》ってもらいたいねん。」

さくらは少《すこ》し、とまどった。

架空《かくう》のキャラクターの運命《うんめい》を占《うらな》ってほしいと言《い》われるなんて、思《おも》いもしなかった。

「先《さき》を知《し》っちゃったら、読《よ》む楽《たの》しみがなくなって、つまらないいんじゃない？」

「そうやけど、気《き》になるねんもーん。」

萌美《もえみ》はくねくねと身《み》をよじらせる。

（こんなふうに、遊《あそ》びみたいな占《うらな》いで、パワーを使《つか》いたくないいんだけどな。）

さくらは気《き》のりしなかったが、ことわることもできないので、占《うらな》うことにした。

「ふたご座《ざ》でAB型《エービーがた》のこの男《おとこ》の人《ひと》は、知的《ちてき》でクールだけど皮肉屋《ひにくや》で、ついつい意地悪《いじわる》を言《い》ってしまって、問題《もんだい》をこじらせてしまうみたいだね。で、こっちのおひつじ座《ざ》のA型《エーがた》の子《こ》は、思《おも》いついたらすぐ行動《こうどう》ってタイプで、しかも気《き》が強《つよ》くて、すなおになれないから、ふたりは愛《あい》しあってるのに、すれちがいばかりなんだ。」

「そうそう！　そうやねん！　あたりすぎて、こわいくらいや〜。」

感激《かんげき》してる萌美《もえみ》の横《よこ》で、美春《みはる》がぼそっと言《い》う。

「それって、占《うらな》いがあたってるっていうより、そのキャラクターの性格《せいかく》にあわせて、作者《さくしゃ》が占《うらな》いの本《ほん》を見《み》ながら、血液型《けつえきがた》とかを決《き》めたんやないの？」

美春《みはる》のつっこみは無視《むし》して、萌美《もえみ》はさくらに言《い》う。

「で？　で？　この先《さき》、どうなんの？　ふたりの相性《あいしょう》は？　恋《こい》の結末《けつまつ》は？」

「うーん、まだまだ、のりこえなきゃいけない試練《しれん》はあるみたいだし、ライバルのじゃまも入《はい》りそうだけど、最後《さいご》にはうまくいきそうだね。」

さくらの言葉《ことば》を聞《き》いて、美春《みはる》はつぶやく。

「恋愛《れんあい》モノのストーリーって、だいたい、そんなパターンちゃう？」

またしても、つっこみを入《い》れた美春《みはる》に、萌美《もえみ》は、ぷうっとほおをふくらませた。

「もー、なんで、美春《みはる》ちゃんはそんな冷《さ》めたこと言《い》うんよー。おもんないわー。」

みやびも横《よこ》から、美春《みはる》をつめたい目《め》で見《み》る。

「ほんまや、AB型《エービーがた》は変《へん》なところで、現実主義者《げんじつしゅぎしゃ》やからな。」

そこに、べつの女子《じょし》が声《こえ》をかけてきた。

「そういや、いよちゃんも、AB型《エービーがた》らしいで。」

すると、みやびたちは、なっとくしたように言《い》った。

「あー、やっぱりなー、協調性《きょうちょうせい》ないもんなあ。AB型《エービーがた》って、友《とも》だちにしたくないランキング一位《い》やな。」

「うちのお父《とう》さんも、AB型《エービーがた》やから、気分屋《きぶんや》で、こまるねん。きげんいいときには、今度《こんど》の休《やす》みに遊園地《ゆうえんち》に連《つ》れてったるって言《い》ってたのに、日曜《にちよう》の朝《あさ》に起《お》こしたら、いきなり、遊《あそ》びよりも勉強《べんきょう》しろっておこりだしてんで！」

「うわー、最悪《さいあく》やなあ。AB《エービー》とは、ぜったいに結婚《けっこん》したくないよなー。」

さくらは心配《しんぱい》になって、ちらっと美春《みはる》の顔《かお》をうかがう。

（AB型《エービーがた》の美春《みはる》ちゃんの前《まえ》で、そんなこと言《い》うなんて……。）

美春《みはる》はうつむいていたが、がまんできなくなったように顔《かお》をあげた。

「うち、そういうの、あんまりよくないと思《おも》うな。」

無理《むり》して作《つく》ったような明《あか》るい声《こえ》で、美春《みはる》は言《い》う。

「血液型《けつえきがた》って、A型《エーがた》とかの四種類《しゅるい》だけじゃなくて、Rh《アールエイチ》マイナスとか、ほかの分《わ》け方《かた》もあるやろ? そやのに、A《エー》とかB《ビー》とかだけで決《き》めつけるのって、なんか、ちがうと思《おも》う。」

美春《みはる》の意見《いけん》を聞《き》きながら、みやびと萌美《もえみ》は顔《かお》を見《み》あわせ、ひそひそと話《はな》した。

「血液型占《けつえきがたうらな》いにケチつけるのって、AB型《エービーがた》が多《おお》いらしいな。お母《かあ》さんが言《い》うとったもん。」

「悪《わる》いこと書《か》かれてるから、反対《はんたい》したくなるんやろ。なあ、さくりゃん?」

話《はなし》をふられて、さくらは「え、う……、うん。」と、あいまいにうなずき、美春《みはる》のほうを見《み》る。

(ケンカは、やめてほしいな。仲良《なかよ》くしてほしい……。)

険悪《けんあく》なムードに、さくらの胃《い》はキリキリといたくなった。

萌美《もえみ》はあきれたような顔《かお》をして、かたをすくめた。

「っていうかさー、美春《みはる》ちゃん、なに、マジになってんの? べつに本気《ほんき》で信《しん》じてるわけちゃうって。」

「そやそや、ただのお遊《あそ》びやんか。しらけるなあ。」

にやにやと笑《わら》いながら、みやびは言《い》う。

そこに、いよが花《か》びんを持《も》って、もどってきた。

萌美《もえみ》とみやびは、わざとらしく声《こえ》をひそめて話《はな》す。

「いよちゃんも、AB《エービー》ちゃうかったら、もっと友《とも》だち、できたやろうにな。」

「場《ば》の空気《くうき》を読《よ》まれへんから、AB型《エービーがた》って、きらわれるんちゃう？」

いよのほうをちらりと見《み》て、みやびと萌美《もえみ》はくすくす笑《わら》った。

いよはくやしそうに、くちびるをかんで、うつむいている。

「もう、やめや！」

ばんっと音《おと》をたて、つくえに手《て》をついたのは、美春《みはる》だった。

「みーやん、最近《さいきん》、調子《ちょうし》のりすぎやで。悪《わる》ふざけじゃ、すまへんと思《おも》う。その言《い》い方《かた》は、ひどすぎるわ。いよちゃんに、あやまり！」

ぴしゃりと言《い》った美春《みはる》に、みやびはむくれて、つぶやいた。

「AB《エービー》どうし、かばいあうのに必死《ひっし》やな。」

「血液型《けつえきがた》は関係《かんけい》ないやろ！」

美春《みはる》はしかりつけるような声《こえ》を出《だ》す。

「血液型《けつえきがた》にかこつけて、悪口《わるくち》を言《い》うのは、やめや！」

深呼吸《しんこきゅう》して、美春《みはる》はゆっくりと、だが、はっきりした声《こえ》で言《い》った。

「言《い》いたいことがあるなら、血液型《けつえきがた》のせいにせんと、本人《ほんにん》にはっきり言《い》ったらええ！　A《エー》B《ビー》型《がた》の性格《せいかく》がどうとか、かげでこそこそ言《い》うのは、見苦《みぐる》しいわ！」

ふてくされた顔《かお》のみやびは、美春《みはる》には答《こた》えず、萌美《もえみ》のほうを見《み》た。

「うわ、美春《みはる》まで、いよちゃんと同《おな》じようなこと言《い》いだしたで。これやから、AB《エービー》型《がた》はいやなんや。やっぱ、あかんな、AB《エービー》型《がた》は！　かかわらんようにしよう。」

美春《みはる》が言《い》いかえそうとしたとき、新庄先生《しんじょうせんせい》が教室《きょうしつ》に入《はい》ってきた。

「いつまでも残《のこ》ってんと、はよ帰《かえ》りや。」

ため息《いき》をついて、美春《みはる》はくるりと背《せ》をむける。

「行《い》くで、さくりゃん。」

みやびはさくらと萌美《もえみ》の手《て》を引《ひ》っぱるようにして、教室《きょうしつ》を出《で》た。

8 秀治《しゅうじ》の意見《いけん》

その日《ひ》から、みやびたちは、美春《みはる》に話《はな》しかけなくなった。

クラスのほかの子《こ》たちも、なんとなくふんいきを感《かん》じとって、美春《みはる》をさけているようだった。

今日《きょう》の六時間目《じかんめ》は、音楽《おんがく》だった。

音楽室《おんがくしつ》へ移動《いどう》するとき、いつもなら、みやびは美春《みはる》をさそっていた。だが、今日《きょう》は声《こえ》をかけない。

美春《みはる》はひとりで、教室《きょうしつ》を出《で》た。

(美春《みはる》ちゃん、すっかり、無視《むし》されてる……。)

さくらは胸《むね》がいたんだ。

それでも、みやびが近《ちか》くにいるのに、美春《みはる》のところへ行《い》く勇気《ゆうき》はなかった。

(みーやんは、クラスの中心《ちゅうしん》だもんな。さからったら、次《つぎ》は、自分《じぶん》がターゲットにされるかもしれない……。)

そう考《かんが》えると、一歩《いっぽ》がふみだせないのだ。

「さーくりゃん！　どうしたん？」

みやびが顔《かお》をのぞきこんできた。

さくらは思《おも》いきって、言《い》ってみる。

「え、えっとさ、あの、美春《みはる》ちゃんのこと、なんだけど、いいの……？」

びくびくしながら、みやびの反応《はんのう》をうかがうと、あっけらかんとした声《こえ》が返《かえ》ってきた。

「なにが？　ああ、美春《みはる》のこと？　ええねん、ええねん。」

「で、でもさ……、あんなに仲良《なかよ》かったのに……。」

さくらの声《こえ》をさえぎるように、みやびは話《はな》す。

「あたしのラッキー・ナンバーは、三やねんな。で、このあいだまでは、あたし、萌美《もえみ》ちゃん、美春《みはる》の三人《にん》グループやったやんかあ。でも、さくりゃんがメンバーに入《はい》ったら、ひとり多《おお》くて、なんか、いややってん。四って、縁起悪《えんぎわる》い数《かず》なんやろ？」

するど、萌美《もえみ》もとなりで、うなずいた。

「そうそう。それに、美春《みはる》ちゃんって、もともとグループで行動《こうどう》するより、ひとりが好《す》きみたいやったし。」

「だから、いまの感《かん》じで、ちょうどええねん。なあ、さくりゃん、これからも、萌美《もえみ》ちゃんと三人《にん》、仲良《なかよ》くしよな！」

「う……、うん。」

みやびに笑《わら》いかけられ、さくらはうなずくしかなかった。

さくらはときどき美春《みはる》のほうを見《み》て、それでも、結局《けっきょく》、なにもできないまま、帰《かえ》りの会《かい》の時間《じかん》になった。

「それでは、帰《かえ》りの会《かい》をはじめます。なにか、意見《いけん》はありませんか？」

梅乃《うめの》の声《こえ》に、みやびが元気《げんき》よく、手《て》をあげた。

「はい！　今《いま》は、給食当番《きゅうしょくとうばん》は交代《こうたい》でやってるけど、O型《オーがた》の人《ひと》は大《おお》ざっぱやから、おかずの量《りょう》がばらつくので、やめたほうがいいと思《おも》います。」

立《た》ちあがって、みやびは言《い》う。

「あと、B型《ビーがた》は、給食《きゅうしょく》エプロンをわすれてしまうことが多《おお》いです。それは、B型《ビーがた》の子《こ》がずぼらな性格《せいかく》だから、しかたないんです。そういうわけなんで、B型《ビーがた》とO型《オーがた》は、給食当番《きゅうしょくとうばん》にむいてません。A型《エーがた》は神経質《しんけいしつ》できっちりしてるから、給食当番《きゅうしょくとうばん》は、A型《エーがた》の子《こ》がやったらいいと思《おも》います。」

そこに、美春《みはる》が手《て》をあげた。

「私《わたし》は反対《はんたい》です。安西《あんざい》さんは、ただ自分《じぶん》が給食当番《きゅうしょくとうばん》で重《おも》いおかずを運《はこ》ぶのがいやで、やりたくないから、A型《エーがた》の子《こ》におしつけようとしてるだけやと思《おも》います。」

美春《みはる》の意見《いけん》には、なにも答《こた》えず、みやびは大《おお》きな声《こえ》で言《い》った。

「あと、AB型《エービーがた》の人《ひと》は、潔癖性《けっぺきしょう》のところがあって、そうじとかするのにむいてるらしいので、ウサギ小屋《ごや》のそうじは、AB型《エービーがた》の人《ひと》の係《かかり》に決《き》めたらいいと思《おも》います。」

それに対《たい》して、いよも立《た》ちあがる。

「待《ま》ってください！　このあいだも言《い》ったけど、血液型《けつえきがた》で性格《せいかく》がわかるなんて、まだちゃんと、証明《しょうめい》されてないです。そやのに、血液型《けつえきがた》でクラスの仕事《しごと》の分担《ぶんたん》を決《き》めるなんておかしいです！　自分《じぶん》たちだけで、勝手《かって》に楽《たの》しんでるのはいいとしても、こんなふうに他人《たにん》におしつけるのは、やめてください！」

みやびは、美春《みはる》といよの存在《そんざい》を無視《むし》するように、顔《かお》を正面《しょうめん》にむけた。

「せんせー、意見《いけん》が対立《たいりつ》してるから、話《はな》してもムダです。多数決《たすうけつ》にしてほしいです。」

だが、美春《みはる》は反対《はんたい》する。

「多数決《たすうけつ》で決《き》めたら、不公平《ふこうへい》や！　ほかの子《こ》たちちかって、自分《じぶん》がウサギ小屋《ごや》のそうじをやらんでええようになるから、AB型《エービーがた》におしつけることに賛成《さんせい》するかもしれへんやん！」

みやびは、正面《しょうめん》をむいたままで、反論《はんろん》する。

「じゃあ、どうやって決《き》めたらいいですかあ？　多数決《たすうけつ》で決《き》めるのがいちばん、みんながなっとくできるんじゃないんですかあ？　負《ま》けそうやから多数決《たすうけつ》がいやとかいうのは、ただのわがままやと思《おも》いますー。」

司会《しかい》の梅乃《うめの》は、こまった顔《かお》で、新庄先生《しんじょうせんせい》のほうを見《み》た。

「先生《せんせい》、どうしたらいいですか？」

窓際《まどぎわ》の席《せき》にすわって、じっと話《はなし》を聞《き》いていた新庄先生《しんじょうせんせい》は、あごをなでた。

「多数決《たすうけつ》で決《き》めることが、ええことかどうか、ってのは、またむずかしい問題《もんだい》になってもうたなあ。たしかに、少数派《しょうすうは》は結果《けっか》に不満《ふまん》をもつこともあるやろ。多数決《たすうけつ》をするかどうかを、多数決《たすうけつ》で決《き》めるわけにも、いかんしなあ。」

本気《ほんき》とも、じょうだんともつかない口調《くちょう》で、新庄先生《しんじょうせんせい》は話《はな》す。

「多数決《たすうけつ》で結果《けっか》に不満《ふまん》がないようにするために大切《たいせつ》なんは、じゅうぶんな話《はな》しあいや。そんで、それぞれの意見《いけん》を尊重《そんちょう》して、おたがいになっとくできる結論《けつろん》をさがすことやな。だから、てっとりばやく決《き》めたいから多数決《たすうけつ》ってのは、あんまりよくない多数決《たすうけつ》のやり方《かた》やとされとる。」

新庄先生《しんじょうせんせい》の話《はなし》が終《お》わると、梅乃《うめの》はかべの時計《とけい》を見《み》て、言《い》った。

「でも、そんなこと言《い》っても、もうおそいし、そろそろ決《き》めなきゃいけないと思《おも》うのですが……。」

「そやなあ。とことん話《はな》しあうなら、明日《あした》にもちこしてもええけど、意見《いけん》がないんやったら、多数決《たすうけつ》で結論《けつろん》を出《だ》すしかないな。ほかに意見《いけん》はないか？」

新庄先生《しんじょうせんせい》は、教室《きょうしつ》を見《み》まわした。

さくらはうつむいて、考《かんが》えていた。

(みーやんが言《い》ってることは、よくないと思《おも》う……。もし、自分《じぶん》がAB型《エービーがた》で、あんなふうに決《き》められて、係《かかり》をおしつけられたら、いやだ。)

いよや美春《みはる》の立場《たちば》になって考《かんが》えてみると、さくらはつらかった。

(でも……、意見《いけん》は、みんなと同《おな》じほうにしておいたほうがいい。仲間《なかま》はずれにはなりたくない。)

そんな自分《じぶん》がなさけなくて、さくらはますます、うつむいた。

そこに、手《て》をあげて、立《た》ちあがったのは、秀治《しゅうじ》だった。

「時間《じかん》もないので、ぼくの意見《いけん》をかんたんにのべたいと思《おも》います。まず、血液型《けつえきがた》とは、なんなのかということです。」

すたすたと歩《ある》いて、秀治《しゅうじ》は黒板《こくばん》の前《まえ》に出《で》る。

「血液型《けつえきがた》により性格判断《せいかくはんだん》がなされる、ということが常識《じょうしき》となっていると知《し》ったぼくは、血《けつ》液型《えきがた》について、調《しら》べてみました。」

チョークを手《て》にして、秀治《しゅうじ》は言《い》う。

「まず、血液型《けつえきがた》には、さまざまな種類《しゅるい》があります。たいていの人《ひと》が思《おも》いうかべる血液型《けつえきがた》というのは、ABO式《エービーオーしき》という赤血球《せっけっきゅう》を調《しら》べるものです。しかし、ほかにも、白血球《はっけっきゅう》による血《けつ》液型《えきがた》もあるのです。臓器移植《ぞうきいしょく》の場合《ばあい》などは、むしろ、この白血球《はっけっきゅう》の血液型《けつえきがた》があうことが重《じゅう》要《よう》となります。」

いきなり、臓器移植《ぞうきいしょく》などという、むずかしい単語《たんご》が出《で》てきたので、さくらはおどろいた。

「さて、ABO式《エービーオーしき》による血液型《けつえきがた》は、赤血球《せっけっきゅう》の表面《ひょうめん》についている抗原《こうげん》によって、調《しら》べます。赤血球《せっけっきゅう》に、A抗原《エーこうげん》があればA型《エーがた》、B抗原《ビーこうげん》があればB型《ビーがた》、A《エー》とB《ビー》の両方《りょうほう》の抗原《こうげん》があればAB《エービー》型《がた》ということになります。」

秀治《しゅうじ》は、黒板《こくばん》に書《か》いて、まとめる。

「そして、O型《オーがた》には、抗原《こうげん》がない。つまり、抗原《こうげん》の数《かず》が0《ゼロ》ってことです。この数字《すうじ》の0《ゼロ》が、A《エー》とB《ビー》にあわせて、アルファベットのO《オー》ということになったらしい。」

黒板《こくばん》には、次《つぎ》のように書《か》かれていた。

B A
型 型

A型《エーがた》　赤血球表面《せっけっきゅうひょうめん》にA抗原《エーこうげん》がある
B型《ビーがた》　赤血球表面《せっけっきゅうひょうめん》にB抗原《ビーこうげん》がある
AB型《エービーがた》　A《エー》、B《ビー》の両方《りょうほう》の抗原《こうげん》がある
O型《オーがた》　A《エー》、B《ビー》のどちらの抗原《こうげん》もない

新庄先生《しんじょうせんせい》は感心《かんしん》して、ため息《いき》をついた。

「ほー、小谷《こたに》は、ほんまに、すごいなあ。これはもう、小学校《しょうがっこう》の理科《りか》というよりも、高校《こうこう》の生物《せいぶつ》で習《なら》うレベルやで。」

「これくらい、本《ほん》を読《よ》めば、すぐにわかりますから。」

秀治《しゅうじ》は照《て》れかくしのように、ひとさし指《ゆび》でメガネをおしあげる。

「血液《けつえき》に性格《せいかく》を決《き》める物質《ぶっしつ》などは、流《なが》れていません。血液型《けつえきがた》の検査《けんさ》からわかることは、その人《ひと》の血液型《けつえきがた》だけであるということが、理解《りかい》してもらえたと思《おも》う。」

秀治《しゅうじ》の説明《せつめい》を聞《き》いて、みやびはすねたように、口《くち》をとがらせた。

「そんなむずかしいこと言《い》っても、知《し》らんもん。でも、血液型占《けつえきがたうらな》いって、あたるんやもん！」

秀治《しゅうじ》は、軽《かる》くうなずいて、話《はなし》をつづける。

「次《つぎ》に、迷信《めいしん》としての血液型占《けつえきがたうらな》いの影響《えいきょう》について、考《かんが》えてみた。血液型占《けつえきがたうらな》いを信《しん》じて、小《ちい》さいころから、何型《なにがた》だからどんな性格《せいかく》だ、と言《い》われてたら、自分《じぶん》はそういう性格《せいかく》だと思《おも》いこんで、育《そだ》つことはあるだろう。男《おとこ》の子《こ》なんだから、青色《あおいろ》が好《す》きだろうとか、サッカーや野球《やきゅう》をして遊《あそ》ぶのが好《す》きだろうと言《い》われて、そう育《そだ》っていくのと同《おな》じように。」

みやびは、鬼《おに》の首《くび》をとったように、うれしそうな顔《かお》をする。

「ほらな！　いちおうは、ちょっとは血液型《けつえきがた》と性格《せいかく》は、関係《かんけい》あるってことやろ！」

すると、秀治《しゅうじ》はみやびの顔《かお》を見《み》て、たずねた。

「では、もし、女子《じょし》は教室《きょうしつ》でおとなしく遊《あそ》ぶのが好《す》きだから、すべての女子《じょし》はこれからいっさい、外《そと》で遊《あそ》んではいけない、なんて決《き》められたらどう思《おも》う？」

「そんなん、人《ひと》それぞれやん。女子《じょし》やからって、決《き》めつけるのは、差別《さべつ》や！」

その答《こた》えに、秀治《しゅうじ》はうなずいて、言《い》う。

「そういうもので、決《き》めつけて、差別《さべつ》されるのが、いやだと言《い》うのなら、血液型《けつえきがた》も同《おな》じことではないだろうか？」

みやびは、ハッとして、口《くち》をおさえた。

「血液型《けつえきがた》も性別《せいべつ》も、生《う》まれつきのもので、本人《ほんにん》の努力《どりょく》では変《か》えることがむずかしいものだ。そういうもので、決《き》めつけるのは、差別《さべつ》だな。」

秀治《しゅうじ》の言葉《ことば》に、さくらもショックだった。

（差別《さべつ》……。そんなふうに、考《かんが》えたこと、なかった。でも……、そうかもしれない。はじめは、血液型占《けつえきがたうらな》いで性格《せいかく》がわかって、おもしろいと思《おも》って、軽《かる》い気持《きも》ちでやってた。でも、今《いま》は、人《ひと》を傷《きず》つける道具《どうぐ》になっちゃってる……。）

血液型占《けつえきがたうらな》いをクラスに広《ひろ》めたのは自分《じぶん》だと思《おも》うと、さくらは責任《せきにん》を感《かん》じた。

「クラスは、ひとりひとりが作《つく》るものだ。ぼくは、差別《さべつ》のないクラスをのぞむ。」

秀治《しゅうじ》はそう言《い》って、教室《きょうしつ》を見《み》わたす。

「差別《さべつ》ってものが存在《そんざい》することをゆるすと、いつか、自分《じぶん》が差別《さべつ》される側《がわ》になるかもしれない。そこをよく考《かんが》えてください。ぼくの意見《いけん》は、以上《いじょう》です。」

話《はなし》を終《お》えた秀治《しゅうじ》は、自分《じぶん》の席《せき》にもどった。

美春《みはる》がパチパチと、手《て》をたたいた。

それが、教室《きょうしつ》じゅうに、広《ひろ》がっていく。

さくらも、手《て》をたたきそうになったが、みやびの視線《しせん》に気《き》づいて、やめておいた。

「もう、最終下校《さいしゅうげこう》の時間《じかん》やな。」

時計《とけい》を見《み》て、新庄先生《しんじょうせんせい》が言《い》う。

「ほな、投票《とうひょう》は来週《らいしゅう》にしよか。今日《きょう》は、金曜《きんよう》やから、明日《あした》とあさっては、休《やす》みやからな。休《やす》み中《ちゅう》に、それぞれ、自分《じぶん》でもよく考《かんが》えてみるように。」

さくらは自分《じぶん》の気持《きも》ちを決《き》められないまま、じっと黒板《こくばん》の文字《もじ》を見《み》つめていた。

帰《かえ》りの会《かい》のあと、みやびはダンダンと足《あし》をふみならして、さくらの席《せき》までやってきた。

「あーあ、小谷秀治《こたにしゅうじ》、ムカつくわあ！」

くやしそうに、みやびは言《い》う。

「なあ、さくりゃん。なんか、あいつにいやがらせできるような呪《のろ》いのアイテム、ないの？　占《うらな》いができるんやったら、呪《のろ》いもできんちゃうん？」

「ええっ、そんなの、できないよ！」

さくらはあわてて、首《くび》を横《よこ》にふる。

「ちぇっ、つまらんなあ。」

口《くち》をとがらせたみやびに、萌美《もえみ》が言《い》う。

「でも、呪《のろ》いとかって、やめといたほうがええで。自分《じぶん》にも、返《かえ》ってくるらしいから。」

「あー、聞《き》いたことあるわ。わら人形《にんぎょう》とかも、人《ひと》に見《み》られたらあかんのやろ。」

そんな話《はなし》をしながら、さくらたちは教室《きょうしつ》から、出《で》ようとした。

そこに、美春《みはる》が近《ちか》づいてくる。

「なあ、ちょっといい？」

美春《みはる》は話《はな》しかけてきたが、みやびは無視《むし》して、通《とお》りすぎようとする。

それでも、美春《みはる》は声《こえ》をかけた。

「みーやん、ほんまに、こんなことつづける気《き》なんか？」

みやびは顔《かお》をそむけて、聞《き》こえないふりだ。

「さっ、行《い》こ、行《い》こ！」

さくらと萌美《もえみ》を両手《りょうて》でつかんで、みやびは歩《ある》いていく。

「待《ま》ちや！　話《はなし》、聞《き》きって言《い》うてるやろ！」

美春《みはる》は大《おお》きな声《こえ》をあげたが、みやびはそしらぬ顔《かお》で、足《あし》を進《すす》める。

みやびに引《ひ》っぱられるようにして、さくらも美春《みはる》に背《せ》をむけた。

その背中《せなか》に、美春《みはる》はぽつりと言《い》う。

「萌美《もえみ》ちゃんも、さくらちゃんも、それでええんか？」

ずきっと、さくらの胸《むね》のおくがいたんだ。

(だって、だって……、みーやんが……、でも……。)

さくらのうでは、みやびの手《て》に、がっしりとつかまえられていた。

さくらはなにも言《い》えず、ふりむくことすらできないまま、美春《みはる》に背《せ》をむけて、みやびと歩《ある》いていった。

9 心《こころ》の声《こえ》

家《いえ》に帰《かえ》ってからも、ずっと、さくらはもやもやした気持《きも》ちでいた。

(どうしたらいいのかな……。仲良《なかよ》くなろうとしてくれてた美春《みはる》ちゃんのこと、無視《むし》してるんだよ？　それって、自分《じぶん》がやられたら、いちばんかなしいことじゃないの？　前《まえ》の学《がっ》校《こう》で、自分《じぶん》もそんなめにあって、つらかったの、おぼえてるよね？)

そんなふうに考《かんが》えていると、心《こころ》の中《なか》でもうひとりの自分《じぶん》が、反論《はんろん》する。

(でも、美春《みはる》ちゃんに味方《みかた》したら、きっと、みーやんは、すごくおこると思《おも》う。せっかく、みーやんと仲良《なかよ》くなれたのに。)

(だったら、このまま、美春《みはる》ちゃんのこと、無視《むし》するつもり？　最低《さいてい》だよ！)

(そりゃあ、私《わたし》だって、無視《むし》がよくないことだってくらい、わかってる！　でも、みーやんが……こわいんだもん。)

(いくじなし！　おくびょう者《もの》！)

(だって、しかたないじゃん。私《わたし》は、小心者《しょうしんもの》のA型《エーがた》で、気弱《きよわ》なうお座《ざ》なんだもん。)

(まだ、そんなこと言《い》ってる！　血液型《けつえきがた》とか、関係《かんけい》ないって、小谷《こたに》くんの話《はなし》、聞《き》いてなかったの？)

(それは、そうだけど……。でも……。)

ふたりの自分《じぶん》が、頭《あたま》の中《なか》で、言《い》い争《あらそ》っていた。

「はあー、どうしたらいいんだろう……。」

小《ちい》さく、口《くち》に出《だ》して、つぶやく。

ずっと、胃《い》がキリキリといたんでいた。

(ストレス……なのかな？)

服《ふく》の上《うえ》から、みぞおちあたりをさすって、さくらは思《おも》う。

(心配《しんぱい》で、気持《きも》ちが落《お》ちつかない。今日《きょう》も、ひみこ先生《せんせい》のところに、行《い》こうかな……。)

ちらりと時計《とけい》を見《み》る。

(今日《きょう》、お母《かあ》さんの仕事《しごと》、おそ番《ばん》で、帰《かえ》ってくるの夜中《よなか》になるって、言《い》ってたもんな。どうせ、家《いえ》にひとりでいたって、つまんない……。)

さくらは起《お》きあがり、貯金箱《ちょきんばこ》を手《て》にとり、それが空《から》だということを思《おも》い出《だ》した。

(そうだった。このあいだ、ペンダントを買《か》うのに、お金《かね》を使《つか》っちゃったんだ。おさいふには、千円《えん》しかない。)

だが、占《うらな》いに行《い》くことをあきらめきれなかった。

(お金《かね》はもうない……。でも、占《うらな》いに、行《い》きたい……。どうしたらいいか、聞《き》きたい。)

しばらくなやんで、さくらは台所《だいどころ》にむかう。

そして、お母《かあ》さんがお金《かね》を入《い》れているひきだしをあけた。

(お母《かあ》さんが、悪《わる》いんだ。離婚《りこん》やひっこしでお金《かね》がかかったからって、今月《こんげつ》のおこづかい、くれなかったんだもん。)

必死《ひっし》で、いいわけを考《かんが》える。

(それに、なにか、こまったことがあったときには、ここにあるお金《かね》、使《つか》ってもいいって、言《い》ってたし……。)

ひきだしの中《なか》には、お札《さつ》が数枚《すうまい》入《はい》った封筒《ふうとう》があった。

いくら、いいわけをしても、それが「やってはいけないこと」だということは、わかっていた。だが、とめられない。

罪悪感《ざいあくかん》をいだきながら、封筒《ふうとう》に手《て》をのばす。

(千円《えん》くらい、なくなってても、気《き》づかないよね……。)

えいっと、さくらは封筒《ふうとう》から、千円札《えんさつ》をひきぬいた。

10 プリンセス・ひみこの正体《しょうたい》

今日《きょう》は、占《うらな》いの館《やかた》に、ほかの客《きゃく》はいなかった。

さくらはすぐに、プリンセス・ひみこの部屋《へや》に入《はい》る。

「あら、こんなおそい時間《じかん》に……。」

プリンセス・ひみこは、さくらのようすに、わずかにまゆをひそめた。

「私《わたし》が言《い》うのもなんだけど、あまりひんぱんに、占《うらな》い師《し》をたずねるのは、よくないわよ。」

思《おも》いがけない言葉《ことば》に、さくらはうつむく。

「でも、私《わたし》……、不安《ふあん》で……、なやみごとがあって……、相談《そうだん》にのってもらいたくて……。」

「あなたの場合《ばあい》、まだ小学生《しょうがくせい》なのだから、まずはお母《かあ》さんやお父《とう》さんなど、おうちの人《ひと》に話《はなし》を聞《き》いてもらっては、どうかしら？　それなら、お金《かね》もかからないわよ。小学生《しょうがくせい》に、二千円《えん》は大金《たいきん》でしょう？」

さとすように、プリンセス・ひみこは言《い》う。

せっかく、やってきたのに、拒絶《きょぜつ》されるようなことを言《い》われ、さくらはショックだった。

「お父《とう》さんは……いません。離婚《りこん》したんです。お母《かあ》さんは仕事《しごと》でいそがしくて、話《はなし》なんか聞《き》いてくれないんです！」

泣《な》きそうになって、さくらは思《おも》わず、大《おお》きな声《こえ》を出《だ》してしまった。

こまったように、プリンセス・ひみこはベールからのぞく目《め》を細《ほそ》める。

「そういえば、まだ名前《なまえ》を聞《き》いていなかったわね。」

「佐々木《ささき》さくら、です。」

「さくらさん、あなた、もしかして、通《かよ》っているのは、大木戸小学校《おおきどしょうがっこう》？」

うつむいていたさくらは、ハッと顔《かお》をあげた。

「そうです！」

つづいて、プリンセス・ひみこは、もっとおどろくようなことをあててみせた。

「クラスは六年《ねん》一組《くみ》でしょう？　担任《たんにん》は男《おとこ》の先生《せんせい》ね？」

さくらは目《め》を大《おお》きく見《み》ひらいて、うなずく。

（さすがだ。ひみこ先生《せんせい》の霊感《れいかん》は、すごすぎる！）

感激《かんげき》しているさくらに、プリンセス・ひみこは、意外《いがい》なことを言《い》った。

「ねえ、さくらさん、夕《ゆう》ごはんは食《た》べた？」

とまどいつつ、さくらは首《くび》を横《よこ》にふる。

「いいえ、まだです。」

お母《かあ》さんは夕飯用《ゆうはんよう》に、電子《でんし》レンジであたためるだけのレトルト食品《しょくひん》を用意《ようい》してくれていたが、さくらは食欲《しょくよく》がなかった。

すると、プリンセス・ひみこは、もっと意外《いがい》なことを言《い》った。

「それなら、今《いま》からうちにきて、いっしょに食《た》べない？」


占《うらな》い師《し》としてではなく、個人的《こじんてき》に話《はなし》を聞《き》くということで、プリンセス・ひみこは、さくらからお金《かね》を受《う》けとらなかった。

封筒《ふうとう》からぬすんだお金《かね》を使《つか》わずにすんで、さくらは体《からだ》の力《ちから》がぬけ、すわりこみそうになるくらい、ほっとした。

たった一枚《まい》の千円札《えんさつ》がとても重《おも》く感《かん》じられて、早《はや》く手《て》ばなしてしまいたかった。

あらためて、自分《じぶん》のしてしまったことがこわくなって、ズキッと胃《い》がいたむ。

「おまたせ。行《い》きましょうか。」

着《き》がえたプリンセス・ひみこは、口元《くちもと》をおおっていたベールをはずし、ジーンズにブラウスという、ふつうの服装《ふくそう》になっていた。

はでな長《なが》いつけづめも、とりはずされ、もう占《うらな》い師《し》っぽい外見《がいけん》ではない。それが、さくらには、なんだか違和感《いわかん》があった。

まじまじと、プリンセス・ひみこの顔《かお》を見《み》つめる。

(どこかで、見《み》たことがあるような……。ううん、気《き》のせいかな。でも、この笑顔《えがお》の感《かん》じ、見《み》おぼえが……。)

にっこりとほほえんだプリンセス・ひみこの口元《くちもと》に、さくらはなにか、ひっかかるものを感《かん》じた。

夜道《よみち》をならんで歩《ある》きながら、さくらはみやびたちのことを話《はな》す。

「そういうわけで、やっと、クラスに友《とも》だちができたのに、いろいろ大変《たいへん》なんです。みーやんは、私《わたし》のこと、心《こころ》の中《なか》では、どう思《おも》ってるのでしょう？　彼女《かのじょ》とは、ほんとうの友《とも》だちに……親友《しんゆう》になれますか？」

プリンセス・ひみこは、あっさり答《こた》えた。

「それは本人《ほんにん》に聞《き》いてみるのがいちばんね。」

「えー、そんなあ……。それができないから、こうやって、ひみこ先生《せんせい》に相談《そうだん》してるんです……。霊感で、みーやんの心、みてくださいよぉ……。」

「ごめんね。今《いま》の私《わたし》は、占《うらな》い師《し》モードじゃないから。相手《あいて》の気持《きも》ちが知《し》りたいなら、直《ちょく》接《せつ》、たずねてみるのが確実《かくじつ》でしょう？」

「でもでも、どうせ、本心《ほんしん》なんか答《こた》えてはくれないだろうし……。それに、そんなこと聞《き》いたら、ウザいって思《おも》われそうだし……。」

ぐずぐず言《い》って、さくらはうつむく。

「みーやんは、萌美《もえみ》ちゃんと仲《なか》がいいんです。ふたりが私《わたし》のいないところで、私《わたし》のことを、どんなふうに言《い》っているか、すごく気《き》になるんです。」

「そんなこと、気《き》にしても、しかたないわよ。」

あっけらかんとした口調《くちょう》で、プリンセス・ひみこは言《い》った。

「それよりも、さくらさん、苦手《にがて》な食《た》べ物《もの》は？　ピーマンは食《た》べられる？」

とつぜんの質問《しつもん》に、とまどいつつ、さくらは答《こた》える。

「苦手《にがて》なんです……。赤《あか》いのなら、ちょっとは食《た》べられるけど、緑《みどり》は……。」

「あら、そうなの？　ダメねえ、赤《あか》いピーマンは恋愛運《れんあいうん》アップ、黄色《きいろ》いピーマンは金運《きんうん》アップ、緑色《みどりいろ》のピーマンは友《とも》だちとの関係《かんけい》をよくする力《ちから》をあたえてくれるのよ。だから、緑《みどり》のピーマンを残《のこ》しちゃう子《こ》は、友人運《ゆうじんうん》を弱《よわ》めちゃうの。」

それを聞《き》いて、さくらはショックを受《う》けた。

（私《わたし》が前《まえ》の学校《がっこう》で、友《とも》だちができなかったのは、いつも給食《きゅうしょく》に出《で》る緑《みどり》のピーマンを残《のこ》してたからだったんだ！）

そう思《おも》って、心《こころ》に決《き》める。

「そうなんですか！　わかりました。これからは、無理《むり》して食《た》べます。もう、ピーマンを残《のこ》しません！」

　すると、プリンセス・ひみこはかたをゆらして、くくっと笑《わら》った。

「う・そ・よ。ピーマンにそんな意味《いみ》なんて、ないって。今《いま》、私《わたし》が思《おも》いついただけ。じょうだんなの。」

　ぽかんと口《くち》をあけて、さくらはその場《ば》に立《た》ちどまる。

「でも、そう思《おも》って、さくらさんが苦手《にがて》なものを食《た》べるようになるなら、もう少《すこ》し、信《しん》じさせておいたほうがよかったかもね。今日《きょう》のうちの夕《ゆう》ごはん、青椒肉絲《チンジャオロースー》なのよ。」

　プリンセス・ひみこは、いたずらっぽくウインクして言《い》った。


　プリンセス・ひみこの自宅《じたく》は、町《まち》のはずれにある団地《だんち》だった。

　階段《かいだん》をのぼって、かぎをあけて、家《いえ》の中《なか》へと案内《あんない》される。

「ちらかってるけど、気《き》にしないでね。」

「あ、はい、おじゃまします。」

　ごそごそと、くつをぬいでいると、部屋《へや》のおくから、声《こえ》がした。

「お母《かあ》さん、おそーい。もう、おなか、ぺこぺ……。」

ふりかえったさくらは、目《め》をまるくする。

「ええっ？　阿倍野《あべの》さん？　なんで……？」

そこにあらわれたのは、いよだった。

「ええっ？　佐々木《ささき》さん？　なんで……？」

いよも、げんかんのさくらのすがたを見《み》て、おどろいたように目《め》を見開《みひら》き、かたまった。

「あら、言《い》ってなかったかしら？」

すっとぼけたような口調《くちょう》で、プリンセス・ひみこは言《い》う。

「プリンセス・ひみこというのは、占《うらな》い師《し》としてのスピリチュアルネーム。私《わたし》のほんとうの名前《なまえ》は、阿倍野《あべの》ひみこ、よ。」

パチパチとまばたきして、さくらはプリンセス・ひみこと、いよを交互《こうご》に見《み》た。

（つまり、ひみこ先生《せんせい》は、阿倍野《あべの》さんのお母《かあ》さん……だったってこと？）

まだ信《しん》じられない気持《きも》ちのまま、さくらはプリンセス・ひみこのあとにつづいた。

「さてと、それじゃあ、ぱぱっと料理《りょうり》を作《つく》るわね。できるまでのあいだ、ふたりで楽《たの》しく、おしゃべりでもしてて。」

言《い》い残《のこ》して、プリンセス・ひみこは、台所《だいどころ》に行《い》った。

さくらは落《お》ちつかない気持《きも》ちで、いよの顔《かお》をそっとうかがう。

いよはむっつりした顔《かお》で、そっぽをむいていた。

(そっか、ひみこ先生《せんせい》の顔《かお》に、見《み》おぼえがあるって思《おも》ったのは、口元《くちもと》が阿倍野《あべの》さんとにてるからだ。)

いよの横顔《よこがお》を見《み》ながら、さくらは思《おも》った。

(お母《かあ》さんが占《うらな》い師《し》なのに、どうして、阿倍野《あべの》さんは占《うらな》いはインチキだなんて言《い》って、反《はん》対《たい》したんだろう……?)

すると、いよはくるりと、さくらのほうを見《み》た。

「なんのつもりなん?」

とげとげしい口調《くちょう》だ。

「えっ……、ひみこ先生《せんせい》が、よかったら、夕《ゆう》ごはんをって……。私《わたし》、阿倍野《あべの》さんのお母《かあ》さんだなんて、知《し》らなくて……。」

「あっそう。」

また、ぷいっと横《よこ》をむいて、いよはつぶやく。

「まったく、お母《かあ》さん、なに考《かんが》えてんのや……。」

また、部屋《へや》の中《なか》には、気《き》まずい沈黙《ちんもく》が流《なが》れる。

そこに、エプロンをつけたプリンセス・ひみこが、台所《だいどころ》から顔《かお》を出《だ》した。

「そうそう、さくらさん、心配《しんぱい》なさるといけないから、お母《かあ》さんに連絡《れんらく》しておきましょうか？　もう、お仕事《しごと》、終《お》えられたころかしら？」

そう言《い》って、プリンセス・ひみこは、電話機《でんわき》を指《ゆび》さす。

「あ、お願《ねが》いします。お母《かあ》さんのケータイの番号《ばんごう》は、これです。」

さくらが手帳《てちょう》をわたすと、プリンセス・ひみこは台所《だいどころ》で電話《でんわ》をかけた。

話《はな》している声《こえ》が少《すこ》しだけ、もれ聞《き》こえてくる。

「……いえいえ、そんな、こちらこそ……。うちのいよがお世話《せわ》になってるみたいで。ええ、ええ、よろしくお願《ねが》いします。……お待《ま》ちください、今《いま》、かわりますから。さくらさん！」

さくらはよばれて、受話器《じゅわき》をわたされた。

電話《でんわ》のむこうで、お母《かあ》さんが言《い》う。

「ああ、さくら？　新《あたら》しい学校《がっこう》で、さっそくお友《とも》だちができて、よかったわね。」

お母《かあ》さんの声《こえ》は、明《あか》るかった。

（いよちゃんは、べつに友《とも》だちってわけじゃないけど……。）

さくらは思《おも》ったが、そんなこと、本人《ほんにん》を前《まえ》にして口《くち》にできるわけがない。

「ごめいわくにならないように、気《き》をつけるのよ？　おぎょうぎよくしなさい。きちんと、お礼《れい》とあいさつをわすれずにね。」

あわただしく言《い》うと、お母《かあ》さんは電話《でんわ》を切《き》った。

受話器《じゅわき》を置《お》くと、さくらはまた、やることがなくなって、ぼんやりと部屋《へや》を見《み》まわす。

かべには大《おお》きな本《ほん》だながあった。

占《うらな》いや心理学《しんりがく》にかんする本《ほん》が、多《おお》くならんでいる。

（こういうのを読《よ》んでたから、阿倍野《あべの》さんは、占《うらな》いにくわしかったんだな。）

本《ほん》の背表紙《せびょうし》をながめていると、台所《だいどころ》から、プリンセス・ひみこの声《こえ》が聞《き》こえた。

「できたわよ。食《た》べましょう。いよ、お客《きゃく》さん用《よう》のおはし、出《だ》してくれる？」

いよは、さくらにはしをさしだして、無愛想《ぶあいそう》な口調《くちょう》で言《い》う。

「そこ、すわれば？」

「あ、うん、ありがとう。」

さくらが席《せき》にすわると、いよはパイプいすを取《と》り出《だ》してきて、すわった。台所《だいどころ》のテーブルには、いすはふたつしかなかった。

プリンセス・ひみこがテーブルの上《うえ》に、どんっと大《おお》きな皿《さら》を置《お》く。山盛《やまも》りの青椒肉絲《チンジャオロースー》から、いいにおいがただよう。

「さあ、めしあがれ。」

「いただきます。」

手《て》をあわせながら、ふたり用《よう》のテーブルを見《み》て、さくらは思《おも》った。

(阿倍野《あべの》さんのおうちも、お父《とう》さん、いないのかな……？)

小皿《こざら》に分《わ》けた青椒肉絲《チンジャオロースー》を一口《ひとくち》食《た》べると、プリンセス・ひみこがほほえみかけた。

「味《あじ》はどう？　さくらさん。」

「あ、はい、おいしいです。」

さくらはなるべく、顔《かお》をしかめないように、ひきつった笑《わら》いで答《こた》えた。

(ううっ、苦《にが》い……。味《あじ》つけは、おいしいけど、やっぱり、ピーマンは苦《にが》くて、好《す》きじゃない……。)

心《こころ》の中《なか》では、そう思《おも》っていたが、残《のこ》さずに食《た》べる。

いよはひとことも話《はな》さず、プリンセス・ひみこもしずかにビールのグラスを口《くち》へと運《はこ》ぶ。

もくもくと食《た》べていると、息《いき》がつまりそうだったので、さくらは話《はな》しかけた。

「ひみこ先生《せんせい》の話《はな》し方《かた》は、こっちのイントネーションじゃないんですね。」

親子《おやこ》なのに、ふたりの話《はな》し方《かた》がちがっているのが、気《き》になったのだ。

「ええ、意識《いしき》してるのよ。標準語《ひょうじゅんご》のほうが、占《うらな》い師《し》として信頼《しんらい》できそうでしょう? だけど、ついつい、家《いえ》だと神戸弁《こうべべん》が出《で》ちゃうわ。」

「神戸弁《こうべべん》って大阪弁《おおさかべん》とはちがうんですか? 私《わたし》には同《おな》じように聞《き》こえるんですけど。」

「そうねえ、こまかいちがいはあるわね。している、っていうのを神戸弁《こうべべん》では、しとう、って言《い》うのよ。」

さくらが「へえー。」とあいづちをうっていると、いよがぼそりとつぶやいた。

「うその自分《じぶん》で、演技《えんぎ》して、だましてるんや。占《うらな》い師《し》なんか、信用《しんよう》したらあかんで。」

すると、プリンセス・ひみこは、胸《むね》をそらして、いよに言《い》った。

「お母《かあ》さんは、占《うらな》い師《し》っていう仕事《しごと》に、ほこりをもってる。なんも、はずかしいことあらへん。」

だが、いよは、言《い》いかえす。

「お母《かあ》さんの占《うらな》いなんか、インチキやんか！　そんなんで、だまして、お金《かね》もうけしてるなんか、はずかしいわ！」

「いいかげんにしなさい、いよ！」

グラスをどんっと置《お》いて、プリンセス・ひみこはどなった。

「あんたが食《た》べてるそのごはんかって、お母《かあ》さんが占《うらな》いでかせいでるお金《かね》で、買《か》ってるんやよ！　もんく、言《い》うんやったら、食《た》べんとき！」

いよは、うぐっと言葉《ことば》をつまらせる。

ピリピリしたふんいきに、さくらはいたたまれない気持《きも》ちで、いっぱいだった。

いよはくちびるをかみしめ、プリンセス・ひみこのことをにらんだ。

「じゃあ、なんで……、なんで事故《じこ》のこと、わからへんかったんよ！」

ばんっとテーブルにはしをたたきつけて、いよはさけぶ。

「占《うらな》いの力《ちから》がほんまもんで、未来《みらい》がわかるんやったら、暴走《ぼうそう》した車《くるま》が交差点《こうさてん》につっこんでくることも、わかったはずやんか！　事故《じこ》が起《お》きるから、そこには行《い》ったらあかんって、注意《ちゅうい》したらよかったやんか！　そしたら……。」

うつむいて、いよはだまりこむ。

それから、顔《かお》をあげ、プリンセス・ひみこにどなった。

「そしたら、お父《とう》さんは、死《し》なんですんだのに……っ！」

それだけ言《い》うと、いよは走《はし》っていった。

バタンッと大《おお》きな音《おと》をたてて、げんかんのドアがしまる。

テーブルの上《うえ》には、まだ食《た》べかけのいよのごはんが残《のこ》っていた。

（どうしよう？）

おろおろして、さくらは立《た》ちあがり、プリンセス・ひみこのほうをうかがう。

プリンセス・ひみこは、ちらりとげんかんのほうを見《み》て、かたをすくめた。

「さくらさん、ごめんなさいね。外《そと》の空気《くうき》で頭《あたま》を冷《ひ》やしたら、そのうち、もどってくると思《おも》うわ。」

「えっ、でもっ、でもっ……。」

じっとしていられず、さくらはげんかんへむかった。


いよを追《お》って、さくらはうす暗《ぐら》い団地《だんち》の階段《かいだん》をかけおりる。

「阿倍野《あべの》さん！　待《ま》って！」

階段《かいだん》をおりきったところで、いよは立《た》ちどまった。

郵便受《ゆうびんう》けの上《うえ》の蛍光灯《けいこうとう》は、チカチカと点滅《てんめつ》して、まわりに小《ちい》さな羽虫《はむし》があつまっていた。

よびとめたものの、さくらはなんと声《こえ》をかければいいか、まよう。

ためらったすきに、いよはまた、走《はし》りだした。

「えっ、ちょっと！　阿倍野《あべの》さん！」

さくらも走《はし》って、追《お》いかける。

夜《よる》の団地内《だんちない》は、しんとしずまりかえっていた。

タッタッタッタッという、ふたりの足音《あしおと》だけがひびく。

「ま、待《ま》って……ってば！」

息《いき》を切《き》らせながら、さくらは言《い》った。

(追《お》いついても、なんて言《い》ったらいいか、わかんない……。でも、ほっとけないよ……。)

ぜえぜえと息《いき》をはいて、さくらは走《はし》る。

角《かど》を曲《ま》がったとたん、どんっとさくらはなにかにぶつかった。

「いたたたたあ……。」

ぶつけた鼻《はな》をさすりながら、さくらは見《み》る。

そこには、いよの背中《せなか》があった。

「なんで、追《お》いかけてくるんよ？」

「え……、だって……。」

さくらが言葉《ことば》をつまらせると、いよはまた、すたすたと歩《ある》きだした。

今度《こんど》は、さくらが走《はし》らなくても、追《お》いかけられるくらいの速度《そくど》だった。

11 いよとの会話《かいわ》

団地《だんち》のはずれには、ほとんど遊具《ゆうぐ》のない小《ちい》さな公園《こうえん》があった。

色《いろ》あせたベンチに近《ちか》づいて、いよはすわった。

さくらもその横《よこ》に、ならんですわる。

しばらく、さくらもいよも、なにも言《い》わず、無人《むじん》の公園《こうえん》のブランコを見《み》つめていた。

石《いし》のベンチは、ひんやりと冷《つめ》たい。

「あたしが、帰《かえ》りの会《かい》でな……。」

いよが顔《かお》を正面《しょうめん》にむけたまま、口《くち》をひらいた。

「佐々木《ささき》さんの占《うらな》いに、いろいろ言《い》うのは、ほんまは、ずっと、お母《かあ》さんに言《い》いたかったもんくやってん。」

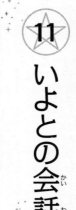

ぽつりぽつりと、いよは言《い》う。

「占《うらな》いをやってる佐々木《ささき》さんが、うちのお母《かあ》さんと、重《かさ》なって見《み》えたから、あたし、がまんできへんくって。やつあたりみたいなもんやな。……ごめん。」

「えっ、ううん、いいよ。もう、ぜんぜん、気《き》にしてないから！」

手《て》をぶんぶんとふって、さくらは言《い》った。

とにかく、いよが話《はなし》をしてくれただけで、ほっとしていた。

「こっちこそ、阿倍野《あべの》さんのお父《とう》さんのこと、知《し》らなかったから。……ごめん。」

するりと自然《しぜん》に、さくらの口《くち》から、言葉《ことば》が出《で》ていた。

「うちもね、お父《とう》さん、いないんだ。」

いよは少《すこ》しおどろいたように、顔《かお》をあげて、さくらのほうを見《み》た。

「そうやったんや……。」

「うん。離婚《りこん》して、こっちにひっこしてきたから、私《わたし》のいまの家《いえ》も、お母《かあ》さんとふたりきりで……、だから、阿倍野《あべの》さんのおうちと、なんか、ちょっと、似《に》てるなって思《おも》った。」

さくらの言葉《ことば》を聞《き》いて、いよはしばらく、だまった。

「あたしのお父《とう》さんな……。」

いよはまた、うつむく。

「あたしが幼稚園《ようちえん》のときに、交通事故《こうつうじこ》にあって、死《し》んでもうてん。」

さくらはだまって、聞《き》いている。

「もし、ほんまに、占《うらな》いで未来《みらい》がわかるんやったら、事故《じこ》を防《ふせ》ぐことも、できたかもしれへんやろ？　でも、そんなこと、なかった……。」

うつむいたまま、いよはぽつりぽつりと話《はな》した。

「お母《かあ》さんが占《うらな》いの勉強《べんきょう》をはじめたんは、地震《じしん》がきっかけやねんて。」

「地震《じしん》？」

「あたしが生《う》まれる前《まえ》やけど、神戸《こうべ》で大《おお》きな地震《じしん》があって、町《まち》がめちゃくちゃになってん。そんで、お母《かあ》さんは、なんで、こんな目《め》にあうんやろ……って思《おも》って、運命《うんめい》とか、星《ほし》のめぐりあわせとかに興味《きょうみ》を持《も》つようになって、占《うらな》いの道《みち》に進《すす》んだらしいねん。でもさ、結局《けっきょく》、占《うらな》いができても、未来《みらい》に起《お》こることがなんでもわかるわけじゃなくて、助《たす》けたりもできへんから、そんなん、意味《いみ》ないやん……。」

いよは声《こえ》をふるわせ、泣《な》きそうな表情《ひょうじょう》を浮《う》かべる。

「占《うらな》いなんか、あたらへんねん。占《うらな》いなんかで、未来《みらい》がわかるわけないねん。それは、お母《かあ》さんかって、わかってるはずや！　そやのに、占《うらな》い師《し》なんかして、お客《きゃく》さんをだましてる。あたしは、お母《かあ》さんがそんなサギみたいなことしてんのは、いやなんや……。」

いよはそう言《い》って、両手《りょうて》で顔《かお》をおおった。

また、ふたりのあいだに、沈黙《ちんもく》が流《なが》れる。

団地《だんち》のどこかから、赤《あか》ちゃんの泣《な》き声《ごえ》のようなものが聞《き》こえていた。

「阿倍野《あべの》さんが、占《うらな》いをきらう気持《きも》ち……、ちょっと、わかった気《き》がする。でも……、ひみこ先生《せんせい》の占《うらな》いは、インチキじゃないと思《おも》う……よ？」

さくらは、いよの反応《はんのう》をうかがいながら、おそるおそる言《い》った。

聞《き》いているのか、いないのか、いよは顔《かお》をかくしたまま、動《うご》かない。

「ひみこ先生《せんせい》は、だまそうなんて、思《おも》ってないはずだもん……。そりゃあ、未来《みらい》を完全《かんぜん》にわかるなんてことはできないから、たまには、占《うらな》いがはずれちゃうこともあると思《おも》う。」

「はずれる占《うらな》い師《し》なんか、サギやん。」

つぶやいたいよに、さくらは首《くび》を横《よこ》にふる。

「ううん。占《うらな》いって、あたるも八卦《はっけ》、あたらぬも八卦《はっけ》だって、占《うらな》われるほうも、わかってるから、サギにはならないと思《おも》うんだ。」

すると、いよは顔《かお》をあげ、ふしぎそうにさくらを見《み》た。

「佐々木《ささき》さんは、占《うらな》いを信《しん》じてるんとちゃうの？　はずれることもあるって、みとめたうえで、信《しん》じてんの？」

「うーん、なんて言《い》ったら、いいんだろう。むずかしいんだけど……。」

言葉《ことば》をさがしつつ、さくらは言《い》う。

「ひみこ先生《せんせい》は、しんけんに話《はなし》を聞《き》いて、役《やく》に立《た》つアドバイスをしてくれるから、前《まえ》むきな気持《きも》ちになって、勇気《ゆうき》をもらえるの。占《うらな》い師《し》さんのお仕事《しごと》って、未来《みらい》をあてるのがすべてじゃなく、大切《たいせつ》なのはその人《ひと》をしあわせにするお手伝《てつだ》いだと思《おも》うのね。だから、私《わたし》、ひみこ先生《せんせい》のお仕事《しごと》は、りっぱだと思《おも》う。」

「そう……なんかなあ？」

いよはまだ、完全《かんぜん》には、なっとくしきれないようすだが、おこりはしなかった。

「それでも、やっぱり、あたし、占《うらな》いって好《す》きになられへんわ。自分《じぶん》でも、がんこやと思《おも》うねんけど、占《うらな》いのことになると、ムキになってもうて……。」

本音《ほんね》を言《い》ういよに、さくらも自分《じぶん》の思《おも》っていることを伝《つた》えた。

「べつに、無理《むり》して、信《しん》じることもないと思《おも》うよ？　人《ひと》それぞれだもん。私《わたし》だって、いくらピーマンには栄養《えいよう》があるって言《い》われても、きらいなものは、きらいだし。」

まじめな顔《かお》でさくらが言《い》うと、ぷっと、いよはふきだした。

「えーっ、そうやったん？　じゃあ、さっきの青椒肉絲《チンジャオロースー》、いやいや食《た》べとってんな？　おいしいって言《い》うたくせにー。うそつきや。」

さくらも、つられて笑《わら》う。

「いいの。そういう、ゆるされるうそも、あるんだよ！」

さくらといよは、顔《かお》を見《み》あわせて、笑《わら》った。

ふたりのあいだに、親《した》しげな空気《くうき》が流《なが》れて、うちとけたような気《き》がした。

いよはすわったまま、うーんっと手《て》と足《あし》をのばす。

それから、さくらのほうを見《み》て、なにげない口調《くちょう》で話《はな》しかけた。

「世《よ》の中《なか》ってさあ、いっぱい占《うらな》いあるやん？」

「あ、うん。占《うらな》い師《し》さんだけじゃなく、テレビとか、雑誌《ざっし》とかもあるもんね。」

「あたし、占《うらな》いを見《み》るたびに、インチキやのに、なんで、みんな、信《しん》じるんよ！　って思《おも》って、ムカムカするから、つかれんねん。」

「そうなんだあ。占《うらな》いを楽《たの》しめないのも、大変《たいへん》だね。」

「そやで。あたしの場合《ばあい》、テレビでやってる占《うらな》いのカウントダウンで、自分《じぶん》の星座《せいざ》が一位《い》って言《い》われても、だからなに？　って思《おも》って、めっちゃ冷《さ》めてるから、うれしくもなんともない。」

「えー、それはちょっと、さみしいね。私《わたし》なんか、テレビの占《うらな》いで、ラッキーなことがあるって言《い》われると、朝《あさ》からいい気分《きぶん》になれるよ。」

「そのかわり、今日《きょう》の運勢《うんせい》が最下位《さいかい》やったら、いやな気分《きぶん》になるやろ？」

いよの言葉《ことば》に、さくらはすなおにうなずく。

「うん。朝《あさ》からヘコんで、ブルーになっちゃう。見《み》なきゃよかったって思《おも》うもん。」

すると、いよはえっへんと胸《むね》をそらした。

「あたしは、どんなに悪《わる》いこと言《い》われても、信《しん》じてへんから、まったく気《き》にならへんけどな。」

いよのしぐさに、さくらはまた笑《わら》った。

「うーん、どっちもどっちだね。占《うらな》いを気《き》にしないなら、見《み》る必要《ひつよう》もないんじゃないの？　信《しん》じてないのに、阿倍野《あべの》さんは、毎朝《まいあさ》、テレビの占《うらな》いをチェックしてるの？」

非難《ひなん》しているわけでも、反論《はんろん》するわけでもなく、ただ疑問《ぎもん》に思《おも》った。

いよは軽《かる》くかたをすくめて、答《こた》える。

「お母《かあ》さんが研究《けんきゅう》のために、見《み》てんねん。ああいう、テレビの占《うらな》いを担当《たんとう》できるようになったら、名前《なまえ》も売《う》れるし、本《ほん》を出《だ》したりして、お金《かね》いっぱいもらえるようになるねんて。占《うらな》い師《し》の出世《しゅっせ》コースらしい。」

「へー、そうなんだあ。」

「うち、部屋《へや》せまいから、いやでも目《め》に入《はい》ってくるねん。お母《かあ》さん、全部《ぜんぶ》のテレビ局《きょく》でやってる占《うらな》いを調《しら》べてるけど、局《きょく》によって順位《じゅんい》がちゃうかったりすんねんで。それに気《き》づいて、ますます信用《しんよう》ならんって、思《おも》ったわ。」

いよが占《うらな》いに対《たい》して、否定《ひてい》するような言《い》い方《かた》をしたが、さくらは前《まえ》ほど腹《はら》が立《た》たなかった。

（帰《かえ》りの会《かい》のときは、あんなに、カッとなったのにな。）

さらりと受《う》けとめてる自分《じぶん》に、さくらはふしぎな気分《きぶん》だった。

それから、いよはふと思《おも》いついたように、言《い》った。

「よくさあ、占《うらな》いはええことだけ信《しん》じて、悪《わる》いことは信《しん》じへん子《こ》っておるやん？」

「あ、うん、多《おお》いよね。」

「でも、それって、おかしいよな？　だって、天気予報《てんきよほう》で、晴《は》れは信《しん》じるけど、雨《あめ》っていうのは、いややから信《しん》じへんとか、ありえへんやん。」

「言《い》われてみたら、そうだね。ほんとうに信《しん》じてるなら、悪《わる》いことだって受《う》けいれて、注《ちゅう》意《い》しなきゃいけないのに。」

いよの意見《いけん》を聞《き》いて、さくらは少《すこ》し考《かんが》える。

「でも、きっと、いいことは積極的《せっきょくてき》に信《しん》じて、悪《わる》いことは気《き》にしないようにする、ってのが、占《うらな》いを気軽《きがる》に楽《たの》しむにはいいんだよ。」

だが、いよは首《くび》をひねった。

「あたし、どうも、そういうテキトーな考《かん》え方《かた》って、できへんねんなあ。なんか、こう、りくつに合《あ》わへんと、ひっかかるねん。」

それに対《たい》して、さくらは考《かんが》えながら言《い》う。

「たぶんね、悪《わる》い結果《けっか》を気《き》にしてると、わすれ物《もの》をしちゃうとか、ドアに手《て》をはさむとか、いやだったことばかりに目《め》がいっちゃって、あー、やっぱり今日《きょう》はついてない、って占《うらな》いがあたった気《き》になるんだと思《おも》う。」

「それはあるやろうなあ。」

「だからね、ぎゃくにいい占《うらな》いを信《しん》じてたら、その日《ひ》にあったちょっとしたいいことに、あ、これが占《うらな》いで言《い》ってたラッキーかな、って思《おも》って、気《き》づけるようになるんだよ。」

「あー、そういうことか。一日《いちにち》のうちに、ええことも悪《わる》いこともあるやろうけど、占《うらな》いをきっかけに、どっちに注目《ちゅうもく》するかのちがいってことやな。あたってると思《おも》うかどうかは、本人《ほんにん》の感《かん》じ方《かた》しだいやもんな。」

いよは、なっとくしたように、何度《なんど》もうなずいた。

「なんとなく、占《うらな》いを好《す》きな子《こ》の気持《きも》ちが、ちょっとはわかってきた。」

その言葉《ことば》を聞《き》いて、さくらはうれしかった。

「ほんまは、みんなで、もりあがれたら楽《たの》しいんやろうな、って気持《きも》ちもあるねん。でも、これがあたしのえらんだ生《い》き方《かた》やから。」

言《い》いながら、いよはかたをすくめる。

「あたし、占《うらな》いをまったく信《しん》じられへんから、仲間《なかま》に入《はい》られへんで、くやしいってとこも、あるかも。さみしいっていうか。だからこそ、占《うらな》いに夢中《むちゅう》になってる人《ひと》を見《み》たら、腹《はら》立《た》って、もんく、言《い》いたくなるんやと思《おも》う。いちおう、ちょっとは自覚《じかく》してるし、反省《はんせい》してるねん。ゆるしてな。」

「ううん、いいよ！　いいってば！」

ぶんぶんと手《て》をふりながら、さくらは言《い》う。

「そういう気持《きも》ち、わかるよ！　私《わたし》も前《まえ》の学校《がっこう》で、クラスの子《こ》たちが交換日記《こうかんにっき》して、もりあがってたときに、さそってもらえなくって、さみしかったの。でね、心《こころ》の中《なか》で、あんなのつまんないもん、って必死《ひっし》でケチつけてたんだ。」

さくらはそう言《い》って、あははと笑《わら》った。

そして、かなしい思《おも》い出《で》をこんなふうに笑《わら》い話《ばなし》にできたことに、おどろいていた。

(私《わたし》、こんなカッコ悪《わる》いこと、なんで、話《はな》してるんだろう。前《まえ》の学校《がっこう》で、仲間《なかま》はずれになってたなんて、みじめだから、ぜったいに知《し》られたくなかったのに。)

ふたりのあいだに、ふたたび沈黙《ちんもく》が流《なが》れた。

「あのさあ、美春《みはる》ちゃんのこと、やねんけど……。」

少《すこ》しためらってから、いよは口《くち》をひらいた。

「あたしはわりと、ひとりでも平気《へいき》やから、べつに孤立《こりつ》しててもええねん。でも、美春《みはる》ちゃんは、友《とも》だちとか大切《たいせつ》にする子《こ》やと思《おも》うし、つらいやろうな……。」

「うん、わかってる。」

さくらは小《ちい》さな声《こえ》で言《い》って、うつむく。

「私《わたし》も……、あんなの、いけないって、思《おも》ってる。」

それなのに、なにもできない自分《じぶん》が、なさけなくて、くやしくて、しかたなかった。

さくらは、強《つよ》く、くちびるをかみしめる。

「そやろな。」

軽《かる》くうなずいて、いよは言《い》った。

「佐々木《ささき》さんは、そうやと思《おも》う。今日《きょう》、話《はな》してみて、なんとなく、わかった。」

そしてまた、沈黙《ちんもく》がおとずれる。

いよはベンチから立《た》ちあがり、さくらのほうを見《み》た。

「そろそろ、帰《かえ》ろっか？」

「そうだね。ひみこ先生《せんせい》、心配《しんぱい》してると思《おも》うよ。」

さくらも、立《た》ちあがって、スカートのすそをはらう。

歩《ある》きだそうとして、いよはつぶやいた。

「こうやって、佐々木《ささき》さんとふたりで話《はな》せて、よかった。」

さくらも、うなずく。

「私《わたし》も、うれしかった。すっきりしたっていうか、楽《たの》しかったもん。占《うらな》いってものに対《たい》しても、いろんな考《かんが》え方《かた》ができるんだね。」

「うん。同《おな》じ意見《いけん》じゃなくても、話《はな》しておもしろいことって、あるねんな。」

おたがいの顔《かお》を見《み》つめあい、にっこりと笑《わら》う。

結局《けっきょく》、いよは占《うらな》いを信《しん》じないままだし、さくらだって、占《うらな》いを信《しん》じる気持《きも》ちを変《か》えてはいない。

それなのに、なぜか、ふたりは通《つう》じあったような気持《きも》ちになっていた。

歩《ある》きながら、さくらは思《おも》いきって、聞《き》いてみた。

「これからは、いよちゃん、ってよんでいい？」

「うん、ええよ！　ほんなら、あたしも、さくらちゃんってよぶな。」

いよはうれしそうに、うなずいた。


帰《かえ》り道《みち》は、ふたりならんで、ゆっくりと歩《ある》いた。

階段《かいだん》をあがって、いよがとびらに手《て》をかけようとしたとき、ドアノブがまわった。

そして、さわっていないのに、とびらが開《ひら》く。

「もどってくるころだろうと思《おも》ったわ。」

プリンセス・ひみこがにっこりと笑《わら》って、出《で》むかえた。

「さくらさん、おそくならないうちに、送《おく》っていくわね。」

「あ、はい。じゃあ、いよちゃん、また月曜日《げつようび》、学校《がっこう》でね！」

さくらはプリンセス・ひみこといっしょに、階段《かいだん》をおりながら、いよに言《い》った。

「うん、おやすみ、さくらちゃん！」

いよも、大《おお》きく手《て》をふった。

プリンセス・ひみこは、自動車《じどうしゃ》でさくらのことを家《いえ》まで送《おく》ってくれた。

「あの、今日《きょう》は、ごちそうさまでした。」

マンションの前《まえ》で、さくらはプリンセス・ひみこに礼《れい》を言《い》う。

「よかったら、また遊《あそ》びにきてね。占《うらな》いの館《やかた》じゃなく、いよのクラスメイトとして。」

プリンセス・ひみこは、そう言《い》ってほほえみかけた。

「そうそう、さくらさん、助言《じょげん》をひとつ、あげるわ。」

車《くるま》からおりたさくらに、窓《まど》から顔《かお》を出《だ》して、プリンセス・ひみこは言《い》う。

「今《いま》なら、まだ間《ま》にあう。あやまちは、手《て》おくれになっていない。ただし、すぐにやらねばならない。わかった？」

さくらは、その言葉《ことば》をくりかえしてつぶやき、うなずく。

「すぐにやらねばならない……ですね。はい、わかりました。」

言《い》われたとおり、さくらはいそいで、自分《じぶん》の家《いえ》にもどった。

げんかんのドアをあけて、部屋《へや》に入《はい》ったが、お母《かあ》さんのすがたはなかった。

「ただいまー。お母《かあ》さん？」

耳《みみ》をすますと、浴室《よくしつ》のほうからシャワーの音《おと》が聞《き》こえる。

（おふろ、なのかな？）

浴室《よくしつ》のガラスのドアには、人《ひと》のかげがうつっていた。

（そうだ、お金《かね》！　きっと、ひみこ先生《せんせい》が言《い》ったのは、このタイミングってことだったんだ！　お金《かね》を返《かえ》しておこう！）

さくらは息《いき》をつめて、台所《だいどころ》のひきだしの前《まえ》に行《い》った。そして、自分《じぶん》のさいふから、千円《えん》札《さつ》を取《と》り出《だ》す。

（私《わたし》、なんてことしちゃったんだろう。もう、ぜったい、こんなことしちゃ、いけない。）

後悔《こうかい》のあまり、千円札《えんさつ》を持《も》つ手《て》は、ブルブルとふるえていた。

（お母《かあ》さん、ごめんなさい……。）

封筒《ふうとう》にお金《かね》をもどして、心《こころ》の中《なか》で、あやまる。

ひきだしをしめて、さくらがソファにたおれこみ、大《おお》きく息《いき》をはいたとき、お母《かあ》さんが浴室《よくしつ》から出《で》てきた。

12 あと一歩《ぽ》の勇気《ゆうき》

次《つぎ》の日《ひ》は、土曜日《どようび》で、学校《がっこう》は休《やす》みだった。

目《め》をさましたさくらは、ベッドに入《はい》ったまま、ぼんやりと、きのうのことを思《おも》い出《だ》した。

(きのうは、びっくりしちゃったな……。まさか、ひみこ先生《せんせい》がいよちゃんのお母《かあ》さんだったなんて……。でも、そのおかげで、いよちゃんと、友《とも》だちになれた。)

そう思《おも》うと、胸《むね》のあたりが少《すこ》し、あたたかいようなうれしい気持《きも》ちになった。

(でも、美春《みはる》ちゃんは……。)

さくらの心《こころ》に、きのうの夜《よる》、いよが公園《こうえん》で口《くち》にした言葉《ことば》が思《おも》いうかぶ。

——あたしはわりと、ひとりでも平気《へいき》やから、べつに孤立《こりつ》してもええねん。でも、美《み》春《はる》ちゃんは、友《とも》だちとか大切《たいせつ》にする子《こ》やと思《おも》うし、つらいやろうな……。

美春《みはる》のことを考《かんが》えると、胸《むね》が苦《くる》しくなって、気持《きも》ちは暗《くら》くなる。

(美春《みはる》ちゃん、どうしてるのかな……。)

無視《むし》されていた美春《みはる》のことを考《かんが》えると、さくらはじっとしていられなかった。

ぱっと起《お》きあがり、パジャマから洋服《ようふく》に着《き》がえて、さくらは外《そと》へと出《で》た。


きょろきょろとあたりを見《み》まわしながら、さくらは近所《きんじょ》を歩《ある》く。

(たしか、美春《みはる》ちゃんのおうちは、この先《さき》だって言《い》ってたよね。)

しばらくすると、中華料理店《ちゅうかりょうりてん》をみつけた。

(ここだ……。お店《みせ》の名前《なまえ》『福来軒《ふくらいけん》』って、言《い》ってたもん。)

黄色《きいろ》いはでなかんばんの前《まえ》で、さくらは立《た》ちどまる。

中《なか》からは、こうばしいごま油《あぶら》のにおいがただよってきた。

入《い》り口《ぐち》の自動《じどう》ドアには、金色《きんいろ》の糸《いと》で「福《ふく》」という字《じ》が書《か》かれた赤《あか》い布《ぬの》がかざられている。店《みせ》の中《なか》のようすが見《み》えるような窓《まど》はない。

さくらは立《た》ったまま、透明《とうめい》なケースにならんだ作《つく》り物《もの》のラーメンやギョーザを見《み》ていた。

ひとりで店《みせ》に入《はい》ることを考《かんが》えると、おじけづいてしまったのだ。

(だめだ。勇気《ゆうき》が出《で》ない。あーあ、気《き》の弱《よわ》いA型《エーがた》の自分《じぶん》がいやになるよ……。)

そのとき、入《い》り口《ぐち》の自動《じどう》ドアが開《ひら》いた。

そして、お客《きゃく》がひとり、出《で》てくる。ドアが開《ひら》いたそのすき間《ま》から、店《みせ》の中《なか》が少《すこ》しだけ、見《み》えた。

(あ、美春《みはる》ちゃん!)

中《なか》には、エプロンをつけて、店《みせ》の手伝《てつだ》いをしている美春《みはる》のすがたがあった。

横《よこ》をむいていた美春《みはる》は、さくらのことに、気《き》づかなかったようだ。すぐに、自動《じどう》ドアはしまる。

店《みせ》の入《い》り口《ぐち》に近《ちか》づこうとしたさくらの頭《あたま》に、みやびの顔《かお》がうかんだ。

そのとたん、胃《い》がきゅっといたむ。

みやびと萌美《もえみ》の笑《わら》い声《ごえ》、ふたりが顔《かお》をよせあって、自分《じぶん》のほうをちらちら見《み》ながら、ひそひそと話《はな》しているすがた……。

(美春《みはる》ちゃんに話《はな》しかけたら、みーやんたちに、うらぎったって思《おも》われて、今度《こんど》は私《わたし》も、無視《むし》されるかもしれない……。)
さくらはその想像《そうぞう》をふりはらうように、首《くび》をぶんぶんと横《よこ》にふる。
そして、胸《むね》にかけた水晶《すいしょう》のペンダントを強《つよ》くにぎった。
(守護天使《しゅごてんし》ミカエル、私《わたし》に勇気《ゆうき》をあたえて。)
だが、あいかわらず、足《あし》は動《うご》かないままだ。
どうしても、一歩《いっぽ》をふみだせない。
(声《こえ》を……かけたいのに……。)
そのとき、ぽつり、とほおにつめたいものを感《かん》じた。
(雨《あめ》……?)
見《み》あげると、空《そら》は灰色《はいいろ》の雲《くも》におおわれていた。
(天気《てんき》も悪《わる》くなってきたし、今日《きょう》はもう帰《かえ》ろうかな……。)
そこに、エンジンの音《おと》が近《ちか》づいてきた。
一台《だい》のバイクがさくらの横《よこ》にとまる。
バイクには、白《しろ》い料理人《りょうりにん》っぽい服《ふく》を着《き》たおじさんが乗《の》っていた。出前用《でまえよう》のおかもちを持《も》ったおじさんは、さくらのほうを見《み》る。

「お客《きゃく》さんか？　ほらほら、えんりょせんと入《はい》りや。」

おじさんは、大《おお》きな声《こえ》でさくらに言《い》った。

「え、えっと……。」

「ちゃうのんか？　ああ、あれか、うちの美春《みはる》の友《とも》だちやな？　今《いま》、美春《みはる》をよんだるから、ちょお待《ま》っときや。」

背《せ》をむけ、店《みせ》に入《はい》ろうとしたおじさんに、さくらはあわてて言《い》う。

「あっ、えっと、いえ、いいんです！」

そして、にげるように、店《みせ》の前《まえ》から走《はし》りさった。


家《いえ》に帰《かえ》ってきたさくらは、げんかんで大《おお》きく、ため息《いき》をつく。

（にげてきちゃった……。なんで、私《わたし》は、こんなに弱《よわ》いんだろう……。なさけないなあ。）

そんな弱《よわ》い自分《じぶん》がゆるせなかった。

（水晶《すいしょう》をにぎったのに、エネルギー、伝《つた》わってこなかった。ききめがなくなっちゃったのかな?)

水晶《すいしょう》のペンダントを見《み》る。だが、水晶《すいしょう》は、いつもと変《か》わらない透明《とうめい》なかがやきをはなっていた。

(ううん、ちがう。ほんとうはわかってる。水晶《すいしょう》のせいじゃない。悪《わる》いのは、私《わたし》……。)

さくらがうつむいていると、台所《だいどころ》のほうから、お母《かあ》さんの声《こえ》がした。

「おかえり、さくら。雨《あめ》、ふりだしてきた?」

「うん、ちょっとふってた。」

「それなら、ベランダのせんたく物《もの》、取《と》りいれてちょうだい。荷物《にもつ》のかたづけをしていて、手《て》がはなせないのよ。」

お母《かあ》さんに言《い》われて、さくらはベランダへとむかう。空《そら》はさっきよりも暗《くら》くなっていた。大《おお》つぶの雨《あめ》がつぎからつぎに地面《じめん》へ落《お》ちて、あっというまにどしゃぶりになる。

せんたく物《もの》をかかえて、部屋《へや》にもどると、また台所《だいどころ》からお母《かあ》さんの声《こえ》がした。

「それが終《お》わったら、こっち、手伝《てつだ》ってくれない?」

「うん、わかった」

台所《だいどころ》に行《い》くと、お母《かあ》さんは段《だん》ボール箱《ばこ》を開《あ》けていた。

ひっこしのすぐあとに、必要《ひつよう》なものは出《だ》したけれど、ふだん使《つか》わないものは、まだ段《だん》ボール箱《ばこ》に入《い》れたままになっていたのだ。

「はい、食器《しょっき》だなにしまって。」

お母《かあ》さんは、新聞紙《しんぶんし》にくるんだ食器《しょっき》を取《と》り出《だ》して、さくらに手《て》わたす。

新聞紙《しんぶんし》の中《なか》には、銀色《ぎんいろ》の食器《しょっき》が入《はい》っていた。

カレーのルーを入《い》れる器《うつわ》だ。

(これって、よく、お父《とう》さんが日曜日《にちようび》にカレーを作《つく》ったときに使《つか》ってた器《うつわ》だ。魔法《まほう》のランプみたいな形《かたち》だから、かわいくて好《す》きだった。)

その食器《しょっき》を持《も》ったまま、さくらは思《おも》い出《だ》す。

(あらうのがめんどうくさいからって、お母《かあ》さんは使《つか》ってくれない。お父《とう》さんのカレーのときだけ、この器《うつわ》は使《つか》ってたんだ。でも、もう、お父《とう》さんは……。)

そう思《おも》うと、たまらなく、さみしい気持《きも》ちがこみあげてきた。

「ほら、さくら、ぼんやりしてないで、さっさとかたづけて。まだまだ、残《のこ》ってるのよ。」

「あ、うん……。」

うなずいたものの、さくらはその食器《しょっき》をまだ、手《て》に持《も》ったままでいた。

「あ、そうだ。そろそろ『開運《かいうん》かたづけ術《じゅつ》』がはじまるわ。」

お母《かあ》さんは、テレビをつける。

すると、まねき猫《ねこ》があらわれ、白《しろ》いヘビがうねり、お札《さつ》に羽根《はね》がはえて、パタパタと飛《と》んでくる映像《えいぞう》がテレビに流《なが》れた。そして、「しあわせをよぶ！　開運《かいうん》かたづけ術《じゅつ》」という番組《ばんぐみ》がはじまる。

「この番組《ばんぐみ》を見《み》ると、そうじをしようって、やる気《き》が出《で》るのよねー。」

テレビを見《み》ながら、お母《かあ》さんはつぶやいた。

番組《ばんぐみ》がはじまると、インテリア風水師《ふうすいし》という肩書《かたがき》の全身《ぜんしん》ピンク色《いろ》の服《ふく》を着《き》たおばさんが出《で》てきた。

「みなさーん！　ゴミはたまっていませんかー？　生《なま》ゴミは、悪《わる》い運気《うんき》のもとです！　ゴミをすてれば、運命《うんめい》が開《ひら》けます！　さあ、いらないものは、どんどんすてましょう！」

インテリア風水師《ふうすいし》は、ゴミがちらかっていて、よごれている部屋《へや》は、風水的《ふうすいてき》によくないということを力説《りきせつ》する。

（そんなの、あたりまえじゃないかな。運気《うんき》がどうこうとかじゃなく、生《なま》ゴミがたまってて、きたない部屋《へや》だと、だれだって、よくないと思《おも》うよ。）

さくらは、自分《じぶん》の心《こころ》にうかんだ冷静《れいせい》な考《かんが》えに、少《すこ》しおどろいた。

（私《わたし》、なんだか、いよちゃんみたいだ……。）

そう思《おも》って、苦笑《くしょう》する。

それから、インテリア風水師《ふうすいし》は、運気《うんき》をアップして、いいことが起《お》こる部屋作《へやづく》りについて、じっさいに部屋《へや》をかたづけながら話《はな》した。

「と、いうわけで、台所《だいどころ》に青系《あおけい》の色《いろ》のものを置《お》くと、運気《うんき》がさがりますので、くれぐれもご注意《ちゅうい》を！」

インテリア風水師《ふうすいし》の言葉《ことば》を聞《き》いて、お母《かあ》さんはテーブルクロスを手《て》にした。

「それじゃ、これもすてたほうがいいわね。」

テーブルクロスは、あわい水色《みずいろ》で、イルカのししゅうがされている。

「えー、そのテーブルクロス、気《き》に入《い》ってるのに……。」

さくらは言《い》ったが、お母《かあ》さんはテーブルクロスをくるくるとまるめて、ゴミぶくろにつっこんだ。

それから、お母《かあ》さんは、さくらの手元《てもと》に目《め》をやる。

「さくらの持《も》ってるそれも、もう、使《つか》わないだろうから、すててしまいましょう。」

「えっ、いやだよ！　これは、だめ！」

お母《かあ》さんの声《こえ》に、さくらはカレーを入《い》れる器《うつわ》をかくすように、かかえこむ。

(だって、これは、お父《とう》さんとの思《おも》い出《で》なのに、すてるなんて……。)

お母《かあ》さんは、そんなさくらを特《とく》に気《き》にするようすもなく、テレビを見《み》ていた。

番組《ばんぐみ》は、芸能《げいのう》ニュースになっていた。ある歌手《かしゅ》とタレントが離婚《りこん》したという話題《わだい》について、レポーターが町《まち》の人《ひと》にインタビューしている。

「ついに、このふたりも、破局《はきょく》したみたいねえ。ダメだと思《おも》ってたのよ。だって、こっちの男《おとこ》、B型《ビーがた》でしょう？　相性《あいしょう》、悪《わる》すぎるもの！」

テレビのほうをむいたまま、お母《かあ》さんはそう言《い》って、顔《かお》をしかめた。

「さくらも、結婚《けっこん》するときに、B型《ビーがた》の男《おとこ》だけは、やめときなさいね。ほんっと、だらしなくって、自分勝手《じぶんかって》で、最悪《さいあく》よ！　B型男《ビーがたおとこ》なんかと結婚《けっこん》したら、ぜったい後悔《こうかい》するから！」

お母《かあ》さんが言《い》う『B型男《ビーがたおとこ》』がだれのことか、さくらにはわかった。

そのとたん、自分《じぶん》でも信《しん》じられないほど、お母《かあ》さんに対《たい》して、腹《はら》が立《た》った。

「そんなの関係《かんけい》ない！」

気《き》づくと、大《おお》きな声《こえ》を出《だ》していた。

お母《かあ》さんは、おどろいて、目《め》をまるくしている。

「悪口《わるくち》を言《い》うのは、やめてよ！」

さくらは、こみあげてくる気持《きも》ちをこらえきれず、言葉《ことば》をぶつけた。

「血液型《けつえきがた》とか、相性《あいしょう》とか、そんなの、いいわけじゃない！　お父《とう》さんが何型《なにがた》だとか、関係《かんけい》なくて、ただお母《かあ》さんがもう、お父《とう》さんのこと、好《す》きじゃなくなったってだけでしょ！」

「さくら……。」

ショックを受《う》けたように、お母《かあ》さんはさくらの顔《かお》を見《み》つめる。

「そんなに相性《あいしょう》にこだわるのなら、最初《さいしょ》から、占《うらな》いでいちばん相性《あいしょう》のいい人《ひと》と、結婚《けっこん》したらよかったじゃない！　そしたら、離婚《りこん》だってしなかったって、言《い》うんだったら！」

しっかりと銀色《ぎんいろ》の食器《しょっき》をだきしめて、さくらは言《い》う。

「でも、それって、ちがうと思《おも》う。お母《かあ》さんは、お父《とう》さんと結婚《けっこん》したいって思《おも》ったから、結婚《けっこん》したんじゃないの？　お父《とう》さんは、相性悪《あいしょうわる》いB型《ビーがた》かもしれないけど、それでも、お母《かあ》さんは、そんなお父《とう》さんをえらんだんでしょう？　だったら、今《いま》さら、悪口《わるくち》なんか……。」

言《い》ってるうちに、さくらは目《め》のおくが熱《あつ》くなってきた。

「お母《かあ》さんは、お父《とう》さんのことが、好《す》きだったから……、だから、結婚《けっこん》したん……だよね？　相性《あいしょう》とか、関係《かんけい》……ない……。」

手《て》の甲《こう》で、まぶたをこすって、さくらは言《い》う。

それは、お父《とう》さんとお母《かあ》さんのことでもあり、そして、自分《じぶん》と美春《みはる》たちのことでもあった。

（私《わたし》……、ケンカしたくないから、相性《あいしょう》のいい子《こ》と友《とも》だちになろうと、思《おも》ってた。ぜったいに、きらわれたくないから、うまくやれる方法《ほうほう》を占《うらな》いで知《し》ろうと思《おも》った。でも、やっと、わかった……。友《とも》だちって、そういうものじゃない。）

さくらの頭《あたま》に、いよの笑顔《えがお》がうかぶ。

（あんなに、相性《あいしょう》が悪《わる》いと思《おも》ってたいよちゃんとだって、仲良《なかよ》くなれた。相性《あいしょう》にこだわってたら、仲良《なかよ》くなるきっかけをへらすことになる。そのせいで、ほんとうに気《き》が合《あ》う子《こ》と、友《とも》だちになれないかもしれないんだ。そう、美春《みはる》ちゃんとも……。)

お母《かあ》さんにぶつけた言葉《ことば》は、さくらが弱気《よわき》な自分《じぶん》に対《たい》して、言《い》いたかったことだった。

(何型《なにがた》だろうと、私《わたし》は、美春《みはる》ちゃんのこと、好《す》きなんだ。美春《みはる》ちゃんは、私《わたし》の……友《とも》だち、なんだ！　だから、無視《むし》なんか、しちゃいけない！)

自分《じぶん》の気持《きも》ちとむきあい、さくらは今《いま》はっきりとそう思《おも》った。

(血液型《けつえきがた》をいいわけにしてるのは、お母《かあ》さんだけじゃない。私《わたし》も……同《おな》じ。)

さくらの目《め》から、ぼろぼろとなみだがこぼれる。

(私《わたし》はA型《エーがた》だから、小心者《しょうしんもの》で、勇気《ゆうき》が出《だ》せないなんて、思《おも》ったら、はじめから、あきらめちゃう。でも、そんなのは、いや！　私《わたし》は変《か》わりたい！)

そして、ついに、がまんできなくて、わっと大声《おおごえ》で泣《な》きだしてしまった。

お母《かあ》さんは、そんなさくらをぎゅっと、胸《むね》にだきよせた。

「ごめんね、さくら……。ごめんね。」

さくらが泣《な》きやむまで、お母《かあ》さんはやさしく背中《せなか》をさすって、あやまった。

13 雨《あめ》のあとには

日曜日《にちようび》になっても、雨《あめ》はふりやまなかった。

「天気予報《てんきよほう》も、あてにならないわね。」

窓《まど》の外《そと》を見《み》ながら、お母《かあ》さんがつぶやく。

「週間予報《しゅうかんよほう》では、今週《こんしゅう》はずっと降水確率《こうすいかくりつ》0パーセントだったのに。」

今日《きょう》は日曜日《にちようび》だけれど、お母《かあ》さんは仕事《しごと》がある日《ひ》なので、さくらはひとりでるすばんをすることになっていた。

「でも、まあ、このところ晴《は》れつづきだったものね。植物《しょくぶつ》にとっては、恵《めぐ》みの雨《あめ》というところかしら。」

そんなことを言《い》いながら、お母《かあ》さんは仕事用《しごとよう》のかばんを持《も》ち、上着《うわぎ》をはおった。

「さくら、今日《きょう》は雨《あめ》だから、どこにも行《い》かないでしょう？」

お母《かあ》さんの声《こえ》に、さくらは少《すこ》しなやんだあと、うなずく。

「うん、たぶん。」

「もし、出《で》かけるなら、戸《と》じまりをわすれないようにね。」

「わかってる。行《い》ってらっしゃい。」

お母《かあ》さんを見送《みおく》ったあと、さくらは自分《じぶん》の部屋《へや》に行《い》き、タロットカードを手《て》に取《と》った。

(今《いま》、私《わたし》がなやんでいること……。)

タロットカードをじっと見《み》つめて、さくらは心《こころ》の中《なか》で考《かんが》える。

友《とも》だちづきあいの問題《もんだい》。

美春《みはる》ちゃんに声《こえ》をかけたいのに、できなくて……。

(それについて……占《うらな》ったら、いちばんいい方法《ほうほう》がわかるのかもしれない。)

これから、カードをつくえの上《うえ》に広《ひろ》げ、まぜて、一枚《まい》えらべば、未来《みらい》を暗示《あんじ》するキーワードを読《よ》みとくことができるだろう。

どうすればいいのか、知《し》りたい。

正《ただ》しい答《こた》えを教《おし》えてほしい。

そんなふうにたよりたい気持《きも》ちも、まだ、少《すこ》しはあったけれど……。

(でも……。)

さくらはかるく目《め》をとじると、首《くび》を左右《さゆう》にふった。

(占《うらな》ってみようとは思《おも》わない。)

心《こころ》の中《なか》で、美春《みはる》のことを思《おも》いうかべる。

(だって、気持《きも》ちは決《き》まってるから。)

ゆっくりと目《め》をあけ、さくらはもう一度《いちど》、タロットカードを見《み》つめる。

(悪《わる》い結果《けっか》が出《で》て……、カードはやめたほうがいいっていうのだとしても……、それでも、私《わたし》はやろうと思《おも》ったことをやるんだ。だから、私《わたし》には、もう、これは必要《ひつよう》ない。)

さくらはそう考《かんが》えて、大《おお》きくうなずく。

そして、タロットカードを水晶《すいしょう》のペンダントといっしょにつくえのひきだしのおくへとしまった。

月曜日《げつようび》の朝《あさ》。

「行《い》ってきます。」

元気《げんき》な声《こえ》で言《い》って、さくらは学校《がっこう》にむかう。

外《そと》に出《で》ると、雨《あめ》はあがっていた。

木々《きぎ》についた水滴《すいてき》は、太陽《たいよう》の光《ひかり》を受《う》けて、キラキラとかがやき、すみきった青空《あおぞら》が広《ひろ》がっている。

空《そら》を見《み》あげていたさくらは、ふと足《あし》をとめた。

西《にし》のほうの空《そら》に、七色《なないろ》にかがやく光《ひかり》のすじがのびていたのだ。

「あ……、にじだ！　きれい……。」

さくらは思《おも》わず、感動《かんどう》の声《こえ》をもらした。

(雨《あめ》がふらなきゃ、にじはできないんだ。)

いつか、理科《りか》の授業《じゅぎょう》で聞《き》いたことを思《おも》い出《だ》す。

(雨《あめ》はいやなものだって、思《おも》ってた。でも、雨《あめ》がふったからこそ、このきれいなにじを見《み》ることができたんだよね。)

雨《あめ》あがりの空《そら》にくっきりとうかんだにじを見《み》つめていると、どんなことにだって立《た》ちむかっていけそうな気分《きぶん》になった。

校門《こうもん》の前《まえ》で、歩《ある》いている美春《みはる》をみつけた。

さくらは小走《こばし》りで、美春《みはる》にかけよっていく。

そして、その後《うし》ろすがたに、声《こえ》をかけた。

「美春《みはる》ちゃん！　おはよう！」

ふりむいた美春《みはる》は、少《すこ》しおどろいたような顔《かお》をする。

それから、にっこりと、うれしそうに笑顔《えがお》を返《かえ》した。

「おはよう！　さくらちゃん！」

ふたりはならんで、教室《きょうしつ》へと歩《ある》いた。


（おわり）

"The《ザ》 best《ベスト》 way《ウェイ》 to《トゥ》 predict《プレディクト》 the《ザ》 future《フューチャー》 is《イズ》 to《トゥ》 invent《インベント》 it《イット》."

（未来《みらい》を予言《よげん》する最良《さいりょう》の方法《ほうほう》は、その未来《みらい》を自分《じぶん》で創《つく》ってしまうことだ。）

――アラン・ケイ

あとがき

こんにちは。藤野恵美《ふじのめぐみ》です。

みなさんは、占《うらな》いが好《す》きですか？　私《わたし》は小学生《しょうがくせい》のころ、魔法使《まほうつか》いにあこがれ、魔女修業《まじょしゅぎょう》をしていたので、水晶玉《すいしょうだま》やタロットカードなどの不思議《ふしぎ》なグッズを集《あつ》めていました。

占《うらな》いに対《たい》する興味《きょうみ》は大《おお》きくなってからもつづき、占星術《せんせいじゅつ》や人相学《にんそうがく》などを勉強《べんきょう》したり、占《うらな》いがあたるのはどうしてだろう……という疑問《ぎもん》から心理学《しんりがく》の本《ほん》をいろいろと読《よ》んだりしたことが、作家《さっか》になったいま、とても役《やく》に立《た》っている気《き》がします。

この『七時間目《ななじかんめ》の占《うらな》い入門《にゅうもん》』は、占《うらな》いを信《しん》じているひとも、信《しん》じていないひとも、楽《たの》しめる本《ほん》になるといいなと思《おも》って、書《か》きました。

教室《きょうしつ》にいろんな考《かんが》え方《かた》の子《こ》たちがいて、相性《あいしょう》が良《よ》かったり、いまいち気《き》が合《あ》わなかったりしつつも、おたがいを認《みと》めあっていく……という物語《ものがたり》がおもしろいんじゃないかな、と思《おも》ったのですが、いかがでしたでしょうか。

七時間目《なないじかんめ》シリーズは三冊《さつ》あります。
シリーズ第《だい》一弾《だん》『七時間目《なないじかんめ》の怪談授業《かいだんじゅぎょう》』は好評発売中《こうひょうはつばいちゅう》です。
そして、シリーズ第《だい》三弾《だん》『七時間目《なないじかんめ》のＵＦＯ研究《ユーフォーけんきゅう》』が二〇一七年《ねん》十一月《がつ》に発売予定《はつばいよてい》です
ので、そちらもよかったら読《よ》んでみてくださいね。
それでは、また『七時間目《なないじかんめ》のＵＦＯ研究《ユーフォーけんきゅう》』でお会《あ》いしましょう！

二〇一七年《ねん》八月《がつ》

藤野恵美《ふじのめぐみ》

＊著者紹介

藤野《ふじの》恵美《めぐみ》

大阪府生まれ。大阪芸術大学卒業。「お嬢様探偵ありす」シリーズ（講談社青い鳥文庫）、『雲をつかむ少女』（講談社）、『わたしの恋人』『ぼくの嘘』（以上、角川文庫）、「ねこまた妖怪伝」シリーズ（角川つばさ文庫）、『ハルさん』（東京創元社）、『初恋料理教室』（ポプラ社）、『ふたりの文化祭』（角川書店）など著書多数。

＊画家紹介

朝日川《あさひかわ》日和《ひより》

香川県生まれ。ゲームのキャラクターデザインや児童書のさし絵などで、幅広く活動中。さし絵の作品に「10歳までに読みたい世界名作」シリーズの『トム・ソーヤの冒険』『ひみつの花園』、「エルフとレーブンのふしぎな冒険」シリーズ（いずれも学研）などがある。

＊この作品は『七時間目の占い入門』（講談社青い鳥文庫　２００６年刊）に加筆、修正のうえ、新たな描き下ろしのイラストを加えたものです。

講談社　青い鳥文庫　245-13

七《なな》時《じ》間《かん》目《め》の占《うらな》い入門《にゅうもん》（新装版《しんそうばん》）

藤《ふじ》野《の》恵《めぐ》美《み》

2017年8月15日　第1刷発行

（定価はカバーに表示してあります。）

発行者　鈴木　哲

発行所　株式会社講談社

東京都文京区音羽2-12-21　郵便番号112-8001

電話　編集（03）5395-3536

販売（03）5395-3625

業務（03）5395-3615

N.D.C.913　214p　18cm

装　丁　primary inc.,

久住和代

印　刷　図書印刷株式会社

製　本　図書印刷株式会社

本文データ制作　講談社デジタル製作

ISBN978-4-06-285650-8

お嬢《じょう》様《さま》探《たん》偵《てい》ありすと少《しょう》年《ねん》執《しつ》事《じ》ゆきとの事《じ》件《けん》簿《ぼ》

「わがまま」「変《か》わり者《もの》」といううわさのありすに仕《つか》えることになったゆきと。なかなか心《こころ》を開《ひら》いてもらえなくて……。2編《へん》を収録《しゅうろく》。

お嬢《じょう》様《さま》探《たん》偵《てい》ありすシリーズ

小学生《しょうがくせい》なのに、二《に》ノ宮家《みやけ》の当主《とうしゅ》で
探偵《たんてい》のありすと同《おな》い年《どし》で執事《しつじ》見習《みなら》いの
ゆきとが、謎《なぞ》を解《と》く！

HACCAN《ハッカン》／絵《え》

時計塔《とけいとう》の亡霊事件《ぼうれいじけん》

フィロソフィア学園《がくえん》の転入試験《てんにゅうしけん》を受《う》けることになったゆきとが出合《であ》ったのは、学園《がくえん》の七不思議《ななふしぎ》のひとつ「時計塔《とけいとう》の亡霊《ぼうれい》」。その正体《しょうたい》は!?

豪華《ごうか》客船《きゃくせん》の爆弾魔《ばくだんま》事件《じけん》

爆破事件《ばくはじけん》の現場《げんば》にのこされた
「犯行予告《はんこうよこく》」。ねらわれた名画《めいが》が
展示《てんじ》されている豪華客船《ごうかきゃくせん》に、
ありすとゆきとがのりこむ。

秘密《ひみつ》の動物園《どうぶつえん》事件《じけん》

ありすの友人《ゆうじん》・こばとの依頼《いらい》で、
学園《がくえん》にあらわれた謎《なぞ》の生物《せいぶつ》をさがすことに
なったゆきと。ところがおそろしい
計画《けいかく》に巻《ま》きこまれてしまい——。

古城《こじょう》ホテルの花嫁《はなよめ》事件《じけん》

行商人《ぎょうしょうにん》「帽子屋《ぼうしや》」氏《し》がありすに売《う》ろうと
したのはドイツの古城《こじょう》。そこには
『結婚式《けっこんしき》の前《まえ》に消《き》えた花嫁《はなよめ》』の伝説《でんせつ》が。
真相《しんそう》を明《あき》らかにするため、
ふたりはドイツへ！

一《ひと》夜《よ》姫《ひめ》事《じ》件《けん》

こばとのおじをさがしておとずれた場所《ばしょ》で
「一日《いちにち》だけのプリンセス」コンテストに
参加《さんか》することになったありすたち。
そこにありすを知《し》っている
イケメンモデルがあらわれて。

天空《てんくう》のタワー事件《じけん》

ゆきとがありすのもとを
去《さ》ってから１年《ねん》。
ありすの父《ちち》から手紙《てがみ》を
たくされたゆきとは、
バベルタワーの 50 階《かい》へ。
そこで事件《じけん》が！
再会《さいかい》の結末《けつまつ》は？

お嬢《じょう》様《さま》探《たん》偵《てい》ありすの冒険《ぼうけん》

「帽子屋《ぼうしや》」氏《し》からありすが衝動買《しょうどうが》いしたのは
無人島《むじんとう》と秘密《ひみつ》の地図《ちず》だった！
ありすの亡《な》き母《はは》が大切《たいせつ》にしていた
「幸運《こううん》のティーカップ」は？　２編《へん》を収録《しゅうろく》。

講談社　青い鳥文庫

怪盗クイーンと魔窟王《まくつおう》の対決　はやみねかおる
怪盗クイーン、仮面舞踏会にて　はやみねかおる
怪盗クイーンに月の砂漠を　はやみねかおる
怪盗クイーン、かぐや姫は夢を見る　はやみねかおる
怪盗クイーンと悪魔の錬金術師《れんきんじゅつし》　はやみねかおる
怪盗クイーンと魔界の陰陽師《おんみょうじ》　はやみねかおる
ブラッククイーンは微笑《ほほえ》まない　はやみねかおる
怪盗道化師《ピエロ》　はやみねかおる
バイバイ スクール　はやみねかおる
オタカラウォーズ　はやみねかおる
少年名探偵WHO《フー》 透明人間事件　はやみねかおる
少年名探偵虹北恭助の冒険　はやみねかおる
ぼくと未来屋の夏　はやみねかおる
恐竜がくれた夏休み　はやみねかおる
復活!! 虹北学園文芸部　はやみねかおる

大中小《だいちゅうしょう》探偵クラブ シリーズ

大中小探偵クラブ (1)〜(3)　はやみねかおる

タイムスリップ探偵団 シリーズ

坂本龍馬は名探偵!!　楠木誠一郎
平賀源内は名探偵!!　楠木誠一郎
聖徳太子は名探偵!!　楠木誠一郎
新選組は名探偵!!　楠木誠一郎
豊臣秀吉は名探偵!!　楠木誠一郎
福沢諭吉は名探偵!!　楠木誠一郎
一休さんは名探偵!!　楠木誠一郎
安倍晴明は名探偵!!　楠木誠一郎
宮沢賢治は名探偵!!　楠木誠一郎
宮本武蔵は名探偵!!　楠木誠一郎
徳川家康は名探偵!!　楠木誠一郎
平清盛は名探偵!!　楠木誠一郎
織田信長は名探偵!!　楠木誠一郎
真田幸村は名探偵!!　楠木誠一郎
源義経は名探偵!!　楠木誠一郎
清少納言は名探偵!!　楠木誠一郎
黒田官兵衛は名探偵!!　楠木誠一郎
伊達政宗は名探偵!!　楠木誠一郎
西郷隆盛は名探偵!!　楠木誠一郎
真田十勇士は名探偵!!　楠木誠一郎
関ヶ原で名探偵!!　楠木誠一郎
ナポレオンと名探偵!　楠木誠一郎

宮部みゆきのミステリー

ステップファザー・ステップ　宮部みゆき
今夜は眠れない　宮部みゆき
この子だれの子　宮部みゆき
蒲生邸《がもうてい》事件 (前編・後編)　宮部みゆき

お嬢様探偵ありす シリーズ

お嬢様探偵ありす (1)〜(8)　藤野恵美
七時間目の怪談授業　藤野恵美
七時間目の占い入門　藤野恵美

名探偵 浅見光彦 シリーズ

ぼくが探偵だった夏　内田康夫
耳なし芳一からの手紙　内田康夫
しまなみ幻想　内田康夫

千里眼探偵部 シリーズ

千里眼探偵部 (1)〜(2)　あいま祐樹

講談社　青い鳥文庫

龍神王子《ドラゴン・プリンス》！シリーズ

龍神王子《ドラゴン・プリンス》！(1)〜(10)　宮下恵茉

パティシエ☆すばる シリーズ

パティシエになりたい！　つくもようこ
ラズベリーケーキの罠《わな》　つくもようこ
記念日のケーキ屋さん　つくもようこ
誕生日ケーキの秘密　つくもようこ
ウエディングケーキ大作戦！　つくもようこ
キセキのチョコレート　つくもようこ
チーズケーキのめいろ　つくもようこ
夢のスイーツホテル　つくもようこ
はじまりのいちごケーキ　つくもようこ
おねがい！　カンノーリ　つくもようこ
パティシエ・コンテスト！(1)　つくもようこ

ふしぎ古書店 シリーズ

ふしぎ古書店(1)〜(5)　にかいどう青

獣《けもの》の奏者《そうじゃ》 シリーズ

獣の奏者(1)〜(8)　上橋菜穂子

物語ること、生きること　上橋菜穂子／著　瀧晴巳／文・構成
パセリ伝説 水の国の少女(1)〜(12)　倉橋燿子
パセリ伝説外伝 守り石の予言　倉橋燿子
ポレポレ日記《ダイアリー》(1)〜(5)　倉橋燿子
地獄堂霊界通信(1)〜(2)　香月日輪
妖怪アパートの幽雅《ゆうが》な日常　香月日輪
化け猫　落語(1)　みうらかれん

予知夢がくる！(1)〜(6)　東　多江子
フェアリーキャット(1)〜(3)　東　多江子
魔法職人たんぽぽ(1)〜(3)　佐藤まどか
ユニコーンの乙女(1)〜(3)　牧野　礼
それが神サマ!?(1)〜(3)　橘　もも
プリ・ドリ(1)〜(2)　たなかりり
放課後ファンタスマ！(1)〜(3)　桜木日向
放課後おばけストリート(1)〜(2)　桜木日向
学校の怪談 ベストセレクション　常光　徹
宇宙人のしゅくだい　小松左京
空中都市008　小松左京
青い宇宙の冒険　小松左京
ねらわれた学園　眉村　卓

「講談社《こうだんしゃ》 青《あお》い鳥文庫《とりぶんこ》」刊行《かんこう》のことば

太陽《たいよう》と水《みず》と土《つち》のめぐみをうけて、葉《は》をしげらせ、花《はな》をさかせ、実《み》をむすんでいる森《もり》。小鳥《ことり》や、けものや、こん虫《ちゅう》たちが、春《はる》・夏《なつ》・秋《あき》・冬《ふゆ》の生活《せいかつ》のリズムに合《あ》わせてくらしている森《もり》。森《もり》には、かぎりない自然《しぜん》の力《ちから》と、いのちのかがやきがあります。

本《ほん》の世界《せかい》も森《もり》と同《おな》じです。そこには、人間《にんげん》の理想《りそう》や知恵《ちえ》、夢《ゆめ》や楽《たの》しさがいっぱいつまっています。

本《ほん》の森《もり》をおとずれると、チルチルとミチルが「青《あお》い鳥《とり》」を追《お》い求《もと》めた旅《たび》で、さまざまな体験《たいけん》を得《え》たように、みなさんも思《おも》いがけないすばらしい世界《せかい》にめぐりあえて、心《こころ》をゆたかにするにちがいありません。

「講談社《こうだんしゃ》 青《あお》い鳥文庫《とりぶんこ》」は、七十年《ねん》の歴史《れきし》を持《も》つ講談社《こうだんしゃ》が、一人《ひとり》でも多《おお》くの人《ひと》のために、すぐれた作品《さくひん》をよりすぐり、安《やす》い定価《ていか》でおおくりする本《ほん》の森《もり》です。その一さつ一さつが、みなさんにとって、青《あお》い鳥《とり》であることをいのって出版《しゅっぱん》していきます。この森《もり》が美《うつく》しいみどりの葉《は》をしげらせ、あざやかな花《はな》を開《ひら》き、明日《あす》をになうみなさんの心《こころ》のふるさととして、大《おお》きく育《そだ》つよう、応援《おうえん》を願《ねが》っています。

昭和《しょうわ》五十五年《ねん》十一月《がつ》

講　談　社